आज फिर जीने की तमन्ना है

जगबन्धु मण्डल

Published By

Redgrab Books Pvt. Ltd.

942, Mutthiganj, Prayagraj, 211003
www.redgrabbooks.com
contact@redgrabbooks.com

Price in india : 250.00/- INR

First published by Redgrab Books in 2024
Copyright © 2024 Redgrab Books Pvt. Ltd.
Copyright Text © 2024 Jagbandhu Mandal
Printed and bound in India
Cover Design & Typesetting by Redgrab Books team

ISBN : 978-93-95697-61-3

ज़िंदगी से जब कोई अपना जुदा होता है उस वक्त दर्द के सिवाय कुछ भी नहीं रहता है। ज़िंदगी से जैसे जीने की चाहत ही खत्म हो जाती है। दर्द को सीने में छिपाकर ज़िंदगी जीना सीखना पड़ता है। क्यों न उस ज़िंदगी से कहें आज फिर जीने की तमन्ना है।

ज़िंदगी भी न जाने मुझ पर किस तरह की सितम कर रही है। मेरे हृदय की इस बाग में सब कुछ तो उजड़ चुका है। न जाने किस लिए आज फिर जीने की तमन्ना हो रही है।

कुछ क्षण पहले की ही तो बात है। मैं आत्महत्या करने ही तो जा रही थी। नदी की धारा के सहारे बहने ही तो जा रही थी। पर कोई इस किस्मत की खेल को तो देखो। मेरे मन की इस हाल के बेहाल को तो देखो। न जाने मेरे मन की लहर में किस प्रकार की हलचल-सी हो रही है।

तू नहीं तेरे जैसा कोई आया है। सालों से प्यासी शिखा के दो नैन तेरे दो नैन को ताकने के लिए, पर ये जो दो नैन मेरे सामने है न वो मेरे मन को तेरे होने का एहसास हो रहा है। तू नहीं पर तेरे होने का कहर मेरे हृदय को भा रहा है।

यादों के जो पल थे न वे सारे के सारे एक पल में मेरे मन को याद आ रहे हैं। मेरे सामने तू नहीं पर जो मेरे सामने खड़ा है। वो तेरे जैसा सूरत लेकर खड़ा है। तू नहीं आया पर तेरे जैसा कोई आया है।

तेरे साथ बिताये एक-एक पल याद आ रहे हैं। उन यादों को भी भली-भाँति पता है कि मेरी ज़िंदगी में वो पल कभी भी वापस नहीं आने वाले हैं।

भावनाओं की वातावरण में परिवर्तन आ रहे हैं। मेरे आँखों में जो घमासान बादल छाये थे। आज उन बादलों से बरसात हो रहे हैं। ये जो बरसात रूपी आँसू मेरी आँखों से निकल रहे हैं। वो बरसात न ही तुझे दिखा था और न ही अभी तेरे जैसा जो सामने खड़ा है उसे दिखेगा। क्योंकि अभी ऊपर से लेकर नीचे तक मेरा तन नदी की पानी से भीगा हुआ है।

तू नहीं तेरे जैसा जो आया है जबसे उसने मुझे डूबने से बचाया है तब से ऐसा लग रहा है कि तूने मुझको छुआ और तेरे छुने का एहसास मेरे तन को हो रहा है। मानो ऐसा लगा कि तू मेरी ज़िंदगी में वापस आया है। जब होश मेरे मन को आया तो मालूम हुआ कि तू नहीं आया तेरे जैसा ही कोई मुझको बचाने आया है। तू नहीं आया तेरे जैसा कोई अजनबी तेरे होने का एहसास लाया है।

कुछ समय बाद वो अजनबी शिखा को नदी से बचाकर घाट पर ले आता है

और वह वहाँ से चला जाता है। उसके कुछ दूर चले जाने तक...

"हे जाने वाले अजनबी पल दो पल का समय देकर मुझे बचाने वाले... अजनबी। क्या तुम्हारे पास दो पल का भी समय नहीं है? मुझसे बात करने के लिए।" अजनबी को जाते देख शिखा ने कहा।

"न न न... ऐसी कोई बात नहीं, जैसा आप सोच रही हो।" अजनबी ने कहा।

"न न न... सालों हो गये इन शब्दों को मेरे कानों को सुने हुए। हे ईश्वर! किस फ़रिश्ते को तुमने बचाने के लिए भेजा है। वो तो नहीं पर न न न भी उसके जैसा कहता है।" शिखा ने मन ही मन कहा।

वह शिखा के पास आता है और कहता है, "हाँ जी, आप कुछ कह रही थी।" इतने में वह देखता है कि शिखा ठंड से बहुत काँपती है।

"आपको तो बहुत ठंड लग गयी है और आपके कपड़े भी गीले हो रहे हैं। आपको पहले कपड़ा बदल लेना चाहिए। मैं आपको घर ले जाता हूँ। आपका घर कहाँ पर है?" अजनबी ने शिखा से घर का पता पूछते हुए कहा।

"घर मुझसे नाराज़ या मैं घर से नाराज़। घर का रास्ता मुझसे गुमनाम या मैं घर के रास्ते से हूँ गुमनाम। मेरे घर का मुझे न पता, तेरे घर का क्या तुझको है पता?" शिखा ने कहा।

शिखा अजनबी की ओर अपना हाथ बढ़ाती ही है, तभी वह बेहोश हो जाती है। वो अजनबी तभी शिखा को नीचे गिरने से पकड़ लेता है और शिखा को वहीं घाट पर लिटा देता है। वह जल्दी से घाट से नीचे उतरकर नदी से अपने हाथों में पानी लेकर आता है और शिखा के आँखों में छिड़कता है। शिखा होश में आ जाती है।

"आपकी तबियत ठीक नहीं लग रही है। आपको मेरे घर चलना चाहिए। मेरा घर ज्यादा दूर नहीं है।" अजनबी ने कहा।

शिखा उस अजनबी के साथ उसके घर चली जाती है।

अनुक्रम

1. एहसास तेरे होने का — 9

2. परिचय दर्द का — 15

3. पलभर की खुशी फिर दर्द — 19

4. नजरों ने किया ऐसा जादू — 23

5. एहसास छूने का — 30

6. प्यार का चला ऐसा जादू — 33

7. प्यार का इज़हार — 41

8. एहसास करीब होने का — 50

9. छोड़ने का ग़म — 63

10. प्यार के ख़ातिर — 82

11. जाने का ग़म — 92

एहसास तेरे होने का

"आपके लायक कपड़े आपको इस अलमारी में मिल जायेंगे। आपको जैसा अच्छा लगे पहन लीजिए।" अजनबी ने शिखा से कहा।

"सुनिए... आपके कपड़े भी गीले हो रहे हैं। आप भी कपड़े बदल लीजिए।" शिखा ने कहा।

"अच्छा ठीक है, मैं दूसरे रूम में जाकर कपड़े बदल लेता हूँ।" अजनबी ने कहा।

शिखा अलमारी खोलती है और देखती है कि अलमारी साड़ी और सूट से भरा हुआ है। वह अलमारी से एक गुलाबी रंग की साड़ी निकालती है और उस साड़ी को पहनकर ड्रेसिंग टेबल के सामने टेबल में बैठ जाती है।

शिखा ड्रेसिंग टेबल पर शृंगार के समान देखती है और मन ही मन सोचती है– कानों की झुमके, सालों हो चुके हैं। जब से तू गया मैंने कानों में न पहनी। आज फिर पहनने को जी कर रहा है। माथे की बिंदी, इसे तो मैं लगाना ही भूल चुकी हूँ। आज फिर माथे पर बिंदी लगाने को जी चाह रहा है और यह काजल, तेरा तो सबसे प्रिय शृंगार था न। काजल के बिना लगते थे सारे शृंगार तुझको फीके-फीके। मेरी आँखों ने कब से नहीं देखे। आज फिर आँखों में काजल लगाने को जी कर रहा है।

शृंगार करने के कुछ देर बाद शिखा बैठे-बैठे फिर से सोचती है कि मैं एक अजनबी के साथ उसके घर तो आ गयी। पता नहीं वह मेरे बारे में क्या सोच रहा होगा? न जाने कुछ तो सोच रहा होगा। जैसे की मैं उसके बारे में सोच रही हूँ। वह भी मेरे बारे में कुछ न कुछ तो सोच रहा होगा। इंसान की फ़ितरत है सोचना, कुछ तो सोचेगा।

शिखा उस रूम से निकलकर ड्रॉइंग-रूम में आती है। उसे अजनबी कहीं भी दिखाई नहीं देता है। वह दूसरे रूम में जाती है। रूम के चारों तरफ देखती है। वह घर के सामान इधर-उधर बिखरे हुए देखती है। ग्लास सेंटर टेबल में ऐशट्रे पर जली सिगरेट और आधी खाली शराब की बोतल देखती है।

लगता है घर पर अकेला रहता है परंतु उस अलमारी में इतने सारे कपड़े किसी औरत की है। पर घर में तो कोई औरत नज़र ही नहीं आ रही है तो इतने सारे कपड़े किसके हो सकते हैं? शायद उसके पत्नी के कपड़े हो सकते हैं।

"आप यहाँ कब से खड़ी हो? मुझे तो पता ही नहीं चला की आप यहाँ पर हो। अब आप कैसी हो?" अजनबी ने शिखा के पीछे खड़े होकर कहा।

तभी शिखा उसकी ओर घूम जाती है और देखती है कि वह जीन्स की पेंट और सफेद रंग की कुर्ता पहने हाथ में चाय की कप लिए खड़ा है।

वह शिखा को देखता है और देखता ही रहता है। कुछ समय तक तो उसकी नज़र शिखा की ओर से हटती नहीं है।

"माधवी... तुम आ गयी।" अजनबी ने धीरे से कहा।

"आपने कुछ कहा?" शिखा ने पूछा।

"नहीं।" अजनबी ने जवाब दिया।

"हाँ, मैं अभी ठीक हूँ और आप अब तक कहाँ थे?" शिखा ने अपनी गर्दन नीचे झुकाकर कहा।

"मैं किचन में था। आपको शायद भूख लगी होगी, तो यह सोचकर मैं किचन में खाने का इंतजाम कर रहा था। पर आप यहाँ खड़ी क्यों हो? आप आराम से बैठ सकती हो।" शिखा को खड़े देखकर दीप ने कहा।

"यह घर का सामान भी इधर-उधर फैला है, आप बैठोगी तो कैसे? माफ़ करना मैं अभी इन सब सामान को ठीक कर देता हूँ।" रूम की हालत देखते हुए फिर से दीप ने कहा।

"अरे... आप रहने दीजिए। मैं कर देती हूँ और आपको माफ़ी माँगने की कोई ज़रूरत नहीं है। माफ़ी तो मुझे माँगनी चाहिए, जो मैं यहाँ आकर आपको परेशान कर रही हूँ।" तुरंत शिखा ने कहा।

"आप ऐसा क्यों कह रही हो? ऐसा मत कहो और यह लीजिए चाय। चाय पीकर आपको अच्छा लगेगा। आप बैठकर चाय पी लीजिए, मैं आपके लिए खाना लेकर आता हूँ।" दीप ने शिखा से कहा।

रूम के सारे सामानों को अच्छे से रखकर शिखा बेड पर आराम से बैठकर

चाय पीने लगती है। चाय पीते-पीते अपने आपसे कहती है कि चाय तो बहुत ही अच्छी बनायी है, पीकर मन ताजा हो गया।

फिर शिखा सोचती है कि लगता है इसकी पत्नी साथ में नहीं रहती है। साथ में रहती तो घर के समान ऐसे बिखरे नहीं रहते। क्या पता? शायद इसने अभी शादी न की हो। फिर इतने सारे कपड़े किसके हो सकते हैं? क्या पता? शायद इसकी माँ की कपड़े हो सकते हैं। घर पर माँ होती, तब भी घर के समान ऐसे बिखरे न होते। क्या पता?

कुछ समय बाद वह नूडल बनाकर लाता है और कहता है, "कुछ समझ में नहीं आ रहा था कि क्या बनाऊँ? लीजिए आप इन्हें खा लीजिए।"

नूडल की प्लेट लेने के लिए शिखा अपना हाथ आगे बढ़ाती है, तभी वह उसकी हथेली पर काटने की निशान देखता है। शिखा हाथ को जल्दी से नीचे करके साड़ी की पल्लू से छिपा लेती है। यह देखकर वह कहता है कि लीजिए, मैं आपको खिला देता हूँ। वह फॉर्क से उसे नूडल खिलाने जाता है।

तभी शिखा मन ही मन सोचती है– एक समय मैंने तुझे बड़े ही प्यार से अपने हाथ से नूडल खिलाया था। पर समय को तो देखो, तू नहीं पर तेरा जैसा ही कोई आज मुझे अपने हाथ से नूडल खिला रहा है। खिला तो कोई अपने हाथों से रहा है। एहसास तो तेरे हाथों से खिलाने की आ रही है।

"आपने तो खाया ही नहीं। आप कब खाओगे? आप भी खा लीजिए।" शिखा ने कहा।

"आप खा लीजिए। मैंने अपने लिए किचन में रख दिया है। थोड़ी देर में खा लूँगा।" अजनबी ने कहा।

शिखा उसके हाथ से नूडल खा लेती है। उसके बाद वह किचन की ओर जाता है।

"हे! फ़रिश्ते तेरी इन मेहरबानियों के लिए तुम्हें दिल से शुक्रिया।" तभी शिखा ने कहा।

"पहले तो आप मुझे फ़रिश्ते कहकर मत पुकारो।" शिखा की बात सुनकर दीप ने कहा।

"फिर तो आप मुझे अपना शुभ नाम ही बता दीजिए।" शिखा ने कहा।

"आपके सामने जो खड़ा है, उसका शुभ नाम दीप है। और मैं जो कर रहा हूँ, इसको आप मेहरबानी न समझो। आप मेरे घर आयी हो तो मेरा इतना करना तो बनता है।" दीप अपना नाम बताते हुए कहा।

दीप किचन में चला जाता है। शिखा वहीं बैठी रहती है और मन ही मन सोचती है कि अगर दीप मुझे बचाने नदी में नहीं आता, तो आज मैं इस दुनिया में नहीं होती। हे ईश्वर! मैं यह तो नहीं जानती कि तूने मुझे दीप के रूप में फ़रिश्ते को भेजकर क्यों बचाया है? ज़िंदगी से मुझे जीने की चाहत खत्म हो गयी है, पता नहीं इस ज़िंदगी से आज फिर क्यों जीने की तमन्ना है? पता नहीं, ये ज़िंदगी मुझसे क्या चाहती है? यह जो आज फिर एहसास कर रही हूँ जीने की, शायद कहीं न कहीं तुझ जैसा शख्स देखकर मेरी हृदय में जीने की तमन्ना होने लगी है। जब मैंने इस शख्स को देखा तो मुझे लगा कि तू मेरे सामने है और मुझसे मिलने आया है। तू नहीं आया... तेरे जैसा ही कोई मिला, जो तेरे होने का एहसास हो रहा है।

* * *

कुछ देर बाद शिखा को सिगरेट जलने की गंध आने लगी। वह वहाँ से उठकर किचन की ओर जाने लगी, लेकिन वहाँ दीप नहीं था। किचन के पास दूसरा रूम था, तो शिखा उस रूम में गयी और देखती है कि दीप बेड पर बैठकर सिगरेट पी रहा है। दीप ने सिगरेट को अपने होंठों से लगाया ही था, इतने में शिखा सिगरेट को लेकर ऐशट्रे में भुजाते हुए कहने लगी कि धूम्रपान करना स्वास्थ्य के लिए हानिकारक है।

दीप उसकी ओर देखकर मन ही मन सोचने लगा कि तुम भी ऐसे ही सिगरेट को लेकर भुजा दिया करती थी और कहा करती थी कि धूम्रपान स्वास्थ्य के लिए हानिकारक है। न जाने क्यों आज फिर तुम्हारे होने का एहसास हो रहा है? तुम तो मेरे पास नहीं हो, फिर भी तुम्हारे होने का एहसास हो रहा है।

"क्या? सच में धूम्रपान स्वास्थ्य के लिए हानिकारक है।" शिखा ने भी दीप की ओर देखते हुए कहा।

दीप शिखा को देखकर मुस्कुराता है और बेड साफ करते हुए कहता है कि

आइये बैठिए, माफ करना मुझे यूं आपके सामने धूम्रपान नहीं करना चाहिए था। शिखा वहाँ पर बैठ जाती है।

"मेरे सामने क्या, आपको धूम्रपान करना ही नहीं चाहिए।" शिखा ने कहा।

"मैं जानता हूँ कि धूम्रपान स्वास्थ्य के लिए हानिकारक है। पर क्या कर सकता हूँ? यह आदत भी न बहुत बुरी है। एक बार किसी की आदत लग जाए तो उस आदत को छोड़ना बहुत मुश्किल होता है। किसी की आदत लगने में समय नहीं लगता, लेकिन छोड़ने में काफी समय लग जाता है।" दीप ने कहा।

"हाँ, यह आदत बहुत ही बुरी चीज है। चाहे यह आदत नशे की हो या फिर किसी और चीज की, जब हमें उस चीज की आदत लग जाती है तो उसे छोड़ना बहुत ही मुश्किल होता है।" शिखा ने कहा।

"हम्म... और एक बात, हर नशा करने वाला आदमी बुरा नहीं होता। अगर बुरा है तो यह आदत जिसे छोड़ना चाहो तो भी छोड़ नहीं पाते हैं।" दीप ने कहा।

"इन बातों को जाने दो। आप क्या घर पर अकेले रहते हो और यह साड़ी किसकी है? बहुत ही अच्छी लग रही है। और देखो आपसे बिना पूछे ही कपड़ों के साथ-साथ मैंने शृंगार भी कर लिए हैं। आपको बुरा तो नहीं लग रहा है।" बात को बदलते हुए शिखा ने कहा।

"नहीं, इसमें बुरा मानने वाली कोई बात नहीं है। वैसे, आप सुंदर लग रही हो। ये कपड़े, शृंगार सब मेरी पत्नी की है।" दीप ने जबाव दिया।

"अच्छा! बहुत ही अच्छी साड़ी है। वैसे, आपकी पत्नी कहाँ पर है?" शिखा ने पूछा।

"मेरी पत्नी..." दीप ने कहा।

"हाँ, आपकी पत्नी..." शिखा ने कहा।

"मेरी पत्नी माधवी अब इस दुनिया में नहीं रही।" दीप ने कहा।

कहते हुए दीप के आँखों में आँसू भर आते हैं और वह चुप हो जाता है। दीप के आँखों से अब आँसू निकलने ही वाला होता है कि वह अपने हाथों से आँसुओं को पोंछ लेता है।

"माफ़ करना मुझे पता नहीं था। नहीं तो मैं पूछती नहीं।" शिखा ने कहा।

उसके बाद शिखा दीप से कुछ नहीं कहती है और न ही दीप कुछ कहता है। वे दोनों कुछ देर तक ऐसे ही चुप बैठे रहते हैं।

"वैसे, आपने अपना नाम नहीं बताया।" कुछ समय गुजर जाने के बाद दीप ने कहा।

"शिखा" वह अपना नाम धीरे से लेती है।

"शिखा और मैं दीप..." नाम सुनकर दीप ने कहा।

"अरे! हाँ, मैंने तो सोचा ही नहीं कि हम दोनों के नाम को एक साथ मिला दिया जाए तो एक नया नाम बन जाएगा– दीपशिखा।" दीप की बात सुनकर शिखा ने कहा।

"यह तो सही कहा आपने।" दीप ने कहा।

"तो शिखा जी... नदी में आपका डूबना कोई इत्तेफ़ाक नहीं था, इत्तेफ़ाक था तो सिर्फ मेरा वहाँ पर आकर तुम्हें बचाना। कोशिश आपकी हाथ में काटने की निशानी चीख-चीखकर कह रही है कि कोशिश आत्महत्या करने की पहली बार नहीं थी। न जाने कोशिश आत्महत्या करने की कितनी दफ़ा की, तो तुम्हारे आत्महत्या करने की कोशिश के पीछे की दर्द-भरी कहानी का राज क्या है? जो तुम्हें बार-बार आत्महत्या करने के लिए मजबूर कर देते हैं। क्या है तुम्हारे दर्द की कहानी?"

शिखा अपनी हाथ आँखों की ओर बढ़ाती है, तभी दीप उसकी हाथ को पकड़कर रोक लेता है और कहता है कि मत रोको इन आँसुओं की धारा को। बह जाने दो अब इन ठहरी हुई समुंदर की लहर को। बहती हुई इन आँसुओं की तरह आपके दर्द शब्द बनकर कहने को बेकरार है। जो भी दर्द छिपा है, आज सब कह दो तुम इस दीप को।

शिखा की आँखों से आँसू निकलने लगते हैं, तभी दीप अपना हाथ उसकी ओर फैला देता है। उसी समय आँसुओं को अपने हाथ में देखकर दीप कहता है कि तुम्हें क्या लगता है? ये आँसुओं की दास्तान यूँही तुम्हें जल्दी से मरने देंगे। एक न एक दिन इन आँसुओं को खुशियों का परिचय देकर अपना कर्ज चुकाने होंगे।

परिचय दर्द का

दर्द की दास्तान को किस तरह से बयाँ करूँ तुम्हें। दर्द मेरे जख्मों की तरह चुभने लगते हैं। अब तो डर-सा लगता है कि कहीं किसी राहों में फिर से दर्द का सामना न हो जाए। दीप... ये दर्द मुझसे सहा नहीं जाता अब।

मेरे दर्द ने दस्तक इस संसार में मेरे आने से शुरू हो गयी थी। मैंने इस संसार को ठीक से देखा तक न था, मेरे जन्म के साथ-साथ मेरे दर्द ने भी अपना परिचय देना शुरू कर दिया था।

न पायी देखने को माँ की नज़र, न पायी देखने को माँ की लाड़, न पायी सुनने को माँ की पुकार, न पायी सुनने को माँ की लोरी, न पायी माँ की गुस्सा, न पायी माँ की फटकार, न पायी माँ की थप्पड़, न पायी माँ की गोद, न पायी माँ की उँगुलियाँ, न पायी माँ की दूध, न पायी देखने को माँ की ममता, न पायी माँ कहने को भाग्य।

मेरी माँ ने मुझे संसार में मेरा अस्तित्व देकर खुद इस संसार से अलविदा हो गयी। ईश्वर ने मुझे इस संसार में रोता हुआ छोड़ मेरी माँ को मेरे जन्म के साथ-साथ मुझसे छीन लिया।

मैंने माँ का मुख देखा तक न था, मेरे आते ही संसार ने उनका मुख सफेद चादर से ढक दिया। मैं सिर्फ रोती रही और सिर्फ मैं रोती रह गयी। मेरे पापा मुझे गोद में लेकर मुझे चुप कराते रह गये और मैं रोती रही और सब लोग कहते रहे कि जन्म होते ही अभागिन अपनी माँ को खा गयी।

माँ के मरने के बाद मेरे पापा ही मेरे माता-पिता बने। घर में मेरे पापा और दादी ही मुझसे प्यार करते थे, उनके अलावा मुझे प्यार तो क्या कोई पसंद भी नहीं करता था। मेरे पापा गाँव के रहने वाले एक किसान है। पापा खेती-बारी के साथ मेरा पालन-पोषण भी करते थे। उनका कष्ट देखकर मेरी दादी को भी बहुत कष्ट होता था। मेरी दादी और ताऊजी ने सोच-विचार करके पाँच-छः महीने बाद मेरे पापा की दूसरी शादी करा दी।

मैंने अक्सर सुना है कि नौ महीने तक अपने पेट में पालने वाली माँ से ज्यादा लालन-पोषण का कर्तव्य करे उसका अधिक महत्व होता है। लेकिन मेरी किस्मत में माँ की ममता, माँ की प्यार, माँ की लाड़ बना ही नहीं है। आखिरकार, मेरे पापा की दूसरी पत्नी ने अपने सौतेलेपन का परिचय दे ही दिया। उन्होंने अपने व्यवहार से बता दिया कि मेरी माँ इस संसार से जा चुकी है और यह जो माँ है, वह तो सिर्फ तेरी सौतेली माँ है।

धीरे-धीरे मैं बड़ी होती गयी। उसी तरह पापा की दूसरी पत्नी जिन्हें अपनी मुँह से माँ भी कहने का मन नहीं करता है, उनका नाम पुष्पा देवी है। वह मेरे साथ ख़राब व्यवहार करती रही। और मेरी दादी ताऊजी के साथ शहर में रहने लगी। दादी कभी-कभी गाँव आ जाती थी तो मुझे उनके साथ रहना बहुत अच्छा लगता था। जब दादी गाँव से चली जाती थी, तो मैं वहाँ पर बिल्कुल अकेली पड़ जाती थी।

जब भी पापा दिन में खेती-बारी के चक्कर में घर नहीं रहते थे, तो उनकी पत्नी पुष्पा देवी मुझे बहुत मारती थी। मुझसे सब काम कराया करती थी और पापा के आते ही माँ बनने का ढोंग रचाया करती थी।

मेरे दो भाई और एक बहन हुई। मेरे दोनों भाई बहुत ही अच्छे हैं, उन्होंने कभी भी मेरे साथ बुरा व्यवहार करना नहीं चाहा। पर इन दोनों की माँ अपनी सौतेली बेटी के साथ अच्छा व्यवहार देख उन्हें तो अच्छा नहीं लगता था। पुष्पा देवी भाइयों से मुझे मार लगाया करती थी। मुझे सजा दिलवाया करती थी, पर वास्तव में उन दोनों ने कभी भी अपने मन से बुरा व्यवहार करना नहीं चाहा।

मेरी छोटी बहन मोना मुझसे बहुत प्यार करती थी और मैं भी मोना से बहुत प्यार करती थी। पर मेरी सौतेली माँ को कहाँ पसंद था। मेरे चक्कर में मेरी बहन को भी मारा करती थी। उन्हें मेरी बहन से बात करना बिल्कुल अच्छा नहीं लगता था। वह मोना को हर समय मुझसे दूर रखा करती थी। मेरी बहन सच में बहुत अच्छी है, वह जैसे-तैसे मौका देखकर मेरा काम कर दिया करती थी।

* * *

समय के साथ-साथ मैं बड़ी हो गयी और मेरे साथ मेरे दर्द भी बड़े हो गये।

आज फिर जीने की तमन्ना है...

वो भी एक वक्त था, जब मैं छोटी थी। उस समय फ़र्क इतना था कि मेरे दुख रोकर कम होते थे, पर बड़े होने के बाद दुख एहसास बनकर दर्द की तरह सीने में चुभने लगते थे।

समय के साथ तो वैसे ही बहुत कुछ बदल जाता है। बुरे दिन भी हालत के साथ अच्छा हो जाता है। इसी तरह कुछ लोगों का बुरा व्यवहार थोड़ा बहुत तो अच्छा हो जाता है। लेकिन मेरी सौतेली माँ पुष्पा देवी उनका व्यवहार मेरे बड़े होने के साथ बढ़ता चला गया।

वह मुझे स्कूल जाने नहीं देती थी। सप्ताह में दो या तीन दिन ही मैं स्कूल जा पाती थी। जब-जब स्कूल नहीं जा पाती थी, तो वह पापा से झूठ बोलती थी कि आपकी लड़की स्कूल नहीं जाती है। मैं उसको कितनी बार बोलती हूँ, पर स्कूल जाते समय ही रोने लग जाती है। जबकि मैं स्वयं स्कूल जाने के लिए रोया करती थी।

मानो मेरी पढ़ाई तो छूट ही गयी थी। कक्षा आठ के बाद एक साल उन्होंने मुझे स्कूल जाने ही नहीं दिया और पापा से यह कहकर स्कूल से नाम कटा दिया कि आपकी बेटी को पढ़ने में मन नहीं है। वह पढ़ना नहीं चाहती है और मैं पुष्पा देवी की डर से पापा को सच नहीं बता पाती थी कि मुझे पढ़ने का बहुत मन है। आखिर, उस वक्त एक छोटी बच्ची ही तो थी।

दीप... मैंने सुना है कि दुआ में बहुत ताकत होती है। अगर सच्चे मन से जिसे भी करो तो वो दुआ ज़रूर लगती है तो मैं हमेशा यही दुआ करती हूँ कि मेरी उम्र मेरी दादी को लग जाए। पता नहीं वह किस हालत में होगी? मैंने उन्हें काफी समय से देखा नहीं है।

मेरी प्रिय दादी... उन्हें जितनी बार भी शुक्रिया करूँ फिर भी उनके लिए कम है। आज मैं जो पढ़ लिख पाई हूँ, सिर्फ और सिर्फ दादी की बदौलत ही पढ़ पाई हूँ। मेरी पढ़ाई तो आठवीं कक्षा में छूट गयी थी। एक साल मेरी पढ़ाई ख़राब हो गयी थी।

जब दादी गाँव में आयी तो उन्होंने मुझे देखा तो वह समझ गयी थी कि इस लड़की की भविष्य यहाँ रहकर ख़राब हो रही है। अगर इसे गाँव में रखा

तो इसकी सौतेली माँ इसकी भविष्य ख़राब कर देगी, तो मेरी दादी मुझे अपने साथ गाँव से शहर लेकर आ गयी। आज मैं दादी की बदौलत पढ़-लिखकर एक टीचर बन पायी हूँ।

आज फिर जीने की तमन्ना है...

पलभर की खुशी फिर दर्द

"दीप मुझे प्यास लगी है। आप मेरे लिए एक गिलास पानी ला सकते हो।" शिखा ने कहा।

वह शिखा के लिए एक गिलास पानी ले आता है। शिखा पानी पी लेती है। उसके बाद शिखा दीप से पूछती है, "आपको क्या हुआ? आप उदास क्यों हो गये?

"न न... ऐसी कोई बात नहीं है। वास्तव में आपकी ज़िंदगी में दर्द का घाव हर किसी के लिए असहनीय है।" दीप ने जवाब दिया।

"हाँ, दीप शायद ईश्वर ने मुझे दर्द सहन करने के लिए इस संसार में भेजा है।" शिखा ने कहा।

"फिर ज़िंदगी ने आपको एक मौका दे ही दिया। आपने अपनी पढ़ाई पूरी कर ली।" दीप ने कहा।

"हाँ, दीप..." शिखा ने कहा।

"तो फिर आपकी ज़िंदगी ने किस ओर मोड़ लिया?" दीप ने पूछा।

"मैं ज़िंदगी के उस मोड़ पर आयी, जहाँ मुझे पल भर की खुशी मिली। वो खुशी मिली जो ज़िंदगी भर न मिली और वो खुशी मेरे दामन में पल भर के लिए थी।" शिखा ने जवाब दिया।

"अच्छा! ऐसा क्या था? जो खुशी मिली थी, वो खुशी पल भर के लिए आयी और फिर कभी भी आपको मिली ही नहीं।" फिर से दीप ने पूछा।

"प्यार... वो पल जब मैंने होंठों से मुस्कुराया नहीं बल्कि पूरे बदन से मुस्कुराई थी। खुशी ने दस्तक दी और मानो जैसे खुशी मेरे लिए सिर से लेकर पैर तक मेरा ही इंतजार कर रही थी। खुशी मेरी ज़िंदगी में आयी और मेरी ज़िंदगी उजाड़ गयी। मैं प्यार कर बैठी थी और इस प्यार के खातिर ज़िंदगी भर का दर्द लेकर बैठी।" शिखा ने जवाब दिया।

"प्यार... ज़िंदगी में किसी न किसी से एक बार तो हो ही जाता है। प्यार जब होता है तो ज़िंदगी की हर वो खुशी मिल जाती है, जिसका कभी कल्पना भी न

की हो। मगर इसी प्यार में जब प्रेमी का साथ छूट जाता है, तो ज़िंदगी में दुख ही दुख रह जाता है।" दीप ने कहा।

"दीप... तुम्हारा कहना बिल्कुल सही है। प्यार खुशियों की लहरों के साथ-साथ ज़िंदगी में दुखों का चट्टान भी ले गिरता है।" शिखा ने कहा।

"आपकी ज़िंदगी ने प्यार की ओर मोड़ लिया तो फिर किस तरह से आपकी प्यार की शुरूआत हुई और किस लिए आपके प्यार का साथ छूट गया?" दीप ने पूछा।

"लाखों की भीड़ में मैंने उसे पहली बार देखा था। जब मैंने उसको देखा था, तब मुझे उससे कोई मतलब नहीं था। कई चेहरे थे, मेरे सामने उस समय। उन चेहरों में पहली बार देखा था उसका चेहरा। पहली बार मैंने उसको एक मेले में देखा था।" कहते हुए शिखा आगे कहती है कि मैं, मेरी छोटी बहन और मेरी फ्रेंड विनीता उस मेले में घूम रहे थे।

हमारे घर के सामने ही एक भईया रहते थे अजय भईया और उनकी लड़की जो कि हमारी फ्रेंड भी थी। वे हमें उस मेले में मिल गये थे। उन भईया के साथ ही था वो अंजाना चेहरा, जो मैं आज तक न भूला पायी उस चेहरे को।

वो... अजय भईया और अपने दोस्त के साथ मेले में आया था। उसका जो दोस्त था, अजय भईया को बहुत ही अच्छे से जानते थे। इसलिए वो अपने दोस्त और उन भईया के साथ मेले में घूम रहा था।

उस वक्त जब अजय भईया मिले, तो मुझे सिर्फ उनसे और उनकी लड़की बिन्दु से ही मतलब था। मुझे तो यह भी नहीं पता था कि वो उनके साथ है। उस वक्त जब हम मिले थे तो मैं उन भईया और उनकी लड़की बिन्दु से बातें करने लग गयी।

हम मेला में एक साथ घूमने लग गये थे। तब जाकर पता चला कि वो भी भईया के साथ है। उसका दोस्त किशन को तो मैं जानती थी, क्योंकि वह बिन्दु के घर आता था। उस वक्त इतना तो पता चल गया कि वो हमारे साथ हैं, पता होकर भी उसका नाम पहचान कुछ भी पता नहीं था।

कोमल... इसी नाम से उसका दोस्त उसको पुकार रहा था। तब पता चला

                                    आज फिर जीने की तमन्ना है...

उसका नाम कोमल है।

मेला में लाखों की भीड़ थी। लाखों की भीड़ में वो एक अंजान चेहरा दिखा था। कुछ समय बाद पता चला कि वो अजय भईया के साथ मेला में आया है और पता चला कि वो किशन का दोस्त है। फिर उसके दोस्त के मुँह से पता चला उसका नाम कोमल है।

मेला में हमने झूला झूलने का मन बनाया। सबने नौका वाले झूला में झूलने की सोची। हम सबने टिकट लिया और झूलने के लिए लाइन में लग गये। फिर हम सबकी बातें चालू हो गयी।

कोमल जिसे सिर्फ नाम से जानती थी, वो हमसे बोलने लग गया था। कभी अपने दोस्त किशन से बात करता तो कभी मेरी छोटी बहन मोना से बात करता तो कभी मेरी फ्रेंड विनीता और कभी बिन्दु से बात करता तो कभी मुझसे। जैसे उसके लिए सभी जान-पहचान का हो। उसके बाद उसको बात करने में कोई हिचक नहीं हो रही थी। मुझे तो उस समय वो पूरी तरह से पागल नज़र आ रहा था।

हम सबने उस मेले का बहुत आनंद लिया। उसके बाद दो झूला में और झूले थे, उसमें से एक सबसे बड़ा झूला था। उस झूले में झूलते समय मैं डर रही थी और शर्म भी आ रही थी, क्योंकि वह मेरे सामने ही बैठा था। उसकी नज़र कभी मेरी तरफ पड़ती, तो कभी मेरी नज़र उसकी तरफ पड़ती।

झूला झूलने के बाद हम सबने फोटो की दुकान पर फोटो खिंचवाई और मेला में बहुत कुछ खाया भी था। आखिर में आते समय सबने आइसक्रीम खरीदी, फिर आइसक्रीम खाते-खाते घर आने लगे। हमें घर आने में रात के 12:00 बज चुके थे।

"मतलब आपको कोमल से पहली बार मिलकर पहली नजर में जो प्यार हो जाता है, वही प्यार हो गया था या कोमल को आपसे पहली मुलाकात में प्यार हो गया था या आप दोनों को ही उसी वक्त से प्यार हो गया था?" दीप ने पूछा।

''न ही मुझे उससे पहली बार मिलकर प्यार हुआ और न ही उसको मुझसे प्यार हुआ। उस समय मुझे न ही उससे कोई मतलब था और शायद उसे भी मुझसे कोई मतलब नहीं था।'' शिखा ने जवाब दिया।

‘‘उस वक्त जब आप दोनों पहली बार मिले तो एक-दूसरे को जानते भी नहीं थे और न ही जान-पहचान बनाने की कोशिश की। पहली बार मिलकर भी एक-दूसरे के लिए अंजान थे। फिर आप दोनों का मिलना दुबारा कैसे हुआ?’’ फिर से दीप ने पूछा।

शिखा कहने लगी कि “अच्छा होता फिर हम दुबारा न मिले होते तो न ही प्यार होता। अच्छा होता उसके बाद कभी न मिलते तो प्यार का दर्द नहीं मिलता ज़िंदगी में। अच्छा तो यही होता कि उस मेले में हमारी थोड़ी भी बात न होती।”

मेला से घर आते वक्त हम एक-दूसरे से बात करते हुए आ रहे थे, तभी विनीता और किशन बातें करने लगे। किशन कहने लगा कि हम दोनों दोस्त दो दिन बाद मंदिर जायेंगे, क्योंकि दो दिन बाद नवरात्रि शुरू होने वाली थी। किशन और कोमल दोनों पहली बार नवरात्रि का व्रत रखने जा रहे थे। तब विनीता कहने लगी कि मैं और शिखा भी उसी मंदिर में जायेंगे तो साथ में चलें तो अच्छा रहेगा। किशन कहने लगा कि ठीक है साथ में चलेंगे तो और भी अच्छा रहेगा। चलते हैं, फिर साथ में मंदिर।

नजरों ने किया ऐसा जादू

प्यार तब भी नहीं हुआ था। जब हम दो दिन बाद मिले थे। लेकिन हम सबकी जान-पहचान अवश्य हो गयी थी। अंजान से जान-पहचान बन गये थे। हम चारों की अच्छे से बातें होने लग गयी थी। पर उस समय भी प्यार का एहसास माल तक न हुआ था। हम सब दूसरे दिन भी साथ में मंदिर गये और हर सुबह एक साथ नौ दिन मंदिर गये थे।

उस दिन की बात ही कुछ और थी। उस दिन सुबह की सूरज की किरणों की बात ही कुछ और थी। उस दिन हवाओं की बात ही कुछ और थी। उस दिन उनके प्यारे-प्यारे दो आँखों से मेरी आँखें मिली थी। हाँ... उन दो प्यारे-प्यारे आँखों से मिलकर उस दिन से हृदय में प्यार का दीपक जगमगा गया था। उस दिन की सूरज की किरणें मेरी ज़िंदगी में फिर से रोशनी दे रही थी। उस दिन की हवाएँ मुझसे छूकर एहसास मुझे अपने की दिलाने लगी थी। पहली बार जब उसकी आँखों से मेरी आँखें मिली थी।

वो अपने घर की रास्ते की ओर मुड़ा और मैं भी अपने घर की रास्ते की ओर मुड़ी। उसी वक्त मेरी आँखें उसकी आँखों से मिली थी। क्या था उस वक्त? मैं जान ही न पायी। उस कुछ पल में मैं पूरी तरह से मंत्र-मुग्ध हो गयी थी। हाँ, वही पल है जिसमें मुझे वो अंजाना-सा कोमल अपना लगा था। हाँ, यही वो पल है जिसमें मेरी हृदय में पहली बार प्यार का एहसास जगमगाया था।

आज सालों बाद ऐसा लगा कि वही आँखें मेरी नजरों के सामने है। दीप जब तुमने मुझको आत्महत्या करने से बचाया तो ऐसा लगा कि मेरी नजरों के सामने कोमल है। तुम्हारी आँखें बिल्कुल कोमल की तरह है और बोलने का तरीका बिल्कुल कोमल की तरह और सूरत भी कोमल की तरह। जब तुमने मुझे बचाया था, तब ऐसा लग रहा था कि सालों बाद कोमल मेरे पास आया है।

''सच कहूँ तो शिखा तुम भी मेरी पत्नी माधवी की तरह लगी थी। यह जो तुमने माधवी की साड़ी पहनी और शृंगार किया है न, इनमें तुम बिल्कुल माधवी की तरह लग रही हो। जब मैं तुम्हारे पीछे चाय की कप लिए खड़ा था और जब

तुम पलटी तो मुझे लगा कि मेरे पास माधवी खड़ी है।'' दीप ने कहा।

मेरी पत्नी माधवी इतना कहकर दीप चुप हो जाता है और शिखा की आँखों से आँखें मिल जाती है। वह शिखा को देखता है और शिखा भी उसे देखती है। वह अपना हाथ आगे बढ़ाकर शिखा की गाल पर रखने जाता है। शिखा धीरे से कहती है... दीप और वह अचानक से हिल जाता है। शिखा अपनी गर्दन नीचे कर लेती है और आँखें बंद करके अपनी दोनों पैरों को धीरे-धीरे हिलाने लगती है।

''मैं अभी थोड़ी देर में आता हूँ।'' तभी दीप ने कहा। वह उस रूम से चला जाता है और छत पर आ जाता है। दीप छत पर आकर थोड़ी देर ऐसे ही खड़ा रहता है। फिर सिगरेट की डिब्बी से सिगरेट निकालकर पीने लगता है। सिगरेट की दो कस लेने के बाद दीप मन ही मन सोचता है कि मैं क्या करने जा रहा था? पता नहीं ऐसा क्यों हुआ? माधवी... तुम तो नहीं हो मेरे पास, फिर क्यों तुम्हारे होने का एहसास हो रहा है?

सिगरेट पीने के कुछ देर बाद दीप छत से नीचे आता है और जिस रूम में शिखा बैठी थी, दीप उस रूम में जाता है। रूम के अंदर आने के बाद वह शिखा से कहता है कि "माफ़ करना ऐसे बीच में उठकर जाने के लिए।"

''अरे! इसके लिए माफ़ी माँगने की ज़रूरत नहीं है।'' शिखा ने कहा। फिर अपनी हाथों के इशारों से दीप को बैठने के लिए कहा।

''तो फिर हम कहाँ पर थे?'' दीप ने कहा।

''माधवी...'' शिखा ने जवाब दिया।

''हाँ, तुम भी माधवी जैसी नजर आती हो। साँवला रंग, लंबे कद, बड़ी-बड़ी आँखें बिल्कुल माधवी की तरह।'' दीप ने कहा।

''मेरे पास तो कोमल की तस्वीर नहीं दिखाने के लिए, सिवाय उसके बारे में बताने के। आपके पास तो माधवी की तस्वीर होगी। क्या मैं देख सकती हूँ?'' शिखा ने कहा।

''हाँ, अभी दिखाता हूँ। माधवी की तस्वीर हमेशा मेरे वॉलेट में रहती है।''

दीप ने कहा।

दीप वॉलेट निकालकर शिखा को माधवी की तस्वीर दिखाता है। माधवी की तस्वीर देखकर शिखा बहुत ही सुंदर कहती है और कहती है कि सच में कुछ-कुछ मैं माधवी जैसी नजर आती हूँ।

''हम्म... इसके बाद आगे फिर क्या हुआ?'' दीप ने पूछा।

उस वक्त उसके आँखों से आँखें जो मिली, मैं उन आँखों की दीवानी हो गयी। उस वक्त उसका मुस्कुराते हुए जाना, उसकी मुस्कुराहट को देखकर मैं एक फूल की भाँति खिल गयी। वो मुस्कुराते हुए चला गया और मैं भी अपने घर के रास्ते की ओर मुड़ गयी। पर उस वक्त घर की ओर जाना मेरे लिए बहुत ही भारी पड़ रहा था।

उस वक्त हृदय की चाहत तो यही थी कि दो कदम पीछे की ओर वापस मुड़ जाऊँ और कोमल कहकर जोर से आवाज लगाकर उसे रोक लूँ। और कह दूँ कि यहीं रुक जाओ न, तुम सिर्फ मुस्कुराते रहो न। बहुत ही कोमल है तुम्हारा मुस्कुराना, सिर्फ तुम मुस्कुराते रहो न। और मैं तुमको देखकर मुस्कुराती रहूँ, तुम सिर्फ मुस्कुराते रहो न।

घर आने के बाद मेरे मन में यही प्रश्न चल रहा था कि अगली सुबह कब होगी? उससे मुलाकात मेरी कब होगी? मेरी आँखों में केवल उसके दो प्यारे-प्यारे आँखें बसी थी। उस समय हर पल यही एहसास हो रहा था कि वो मुझे देखकर मुस्कुरा रहा है और मैं उसकी मुस्कुराहट को देखकर खुश हो रही हूँ।

उसके नजरों ने कुछ इस कदर जादू किया कि उस दिन उसके सिवा कुछ और नजर ही नहीं आ रहा था। और उसके मुस्कान का जादू ऐसा हो रहा था कि उस दिन तन-मन भी मेरा खुशियों से झूम रहा था। बे-करार थी उससे मिलने के लिए पर मन को शर्म की हया भी थी कि अगली सुबह उससे कैसे मिलूँगी? मेरी नजरें किस तरह से उसकी नजरों से मिल सकेगी? अगर मैंने उसकी नजरों से नज़र मिला भी लिया तो उसके खयालों में ही खो जाऊँगी लेकिन वो मुझे ऐसे खोया-खोया देखेगा तो मेरे बारे में क्या सोचेगा? न जाने उस दिन मेरे मन ने क्या-क्या सोचा था... दीप। और मैं उसके बारे में सोच-सोचकर बावली हो

रही थी।

उस दिन सुबह से दिन हो गया, दिन से रात पर उसका खयाल दिल से नहीं निकल रहा था। मेरे साथ विनीता सो रही थी। वो तो कुछ समय बाद सो गयी पर न जाने मेरी पलकें बंद ही नहीं हो रही थी। उस रात वास्तव में मेरी आँखें सोना नहीं चाह रही थी। सारी रात खुली आँखों से लेती रही और भोर हो गया लेकिन उसका एहसास तक न हुई। बस, अब सुबह को उन आँखों का इंतज़ार था, जिसने मेरे आँखों को सारी रात सोने नहीं दिया।

सुबह होते ही मैं सबसे पहले नहाकर तैयार हो गयी। विनीता मुझे तैयार देख हैरान होकर कहने लगी कि आज तू इतनी जल्दी कैसे तैयार हो गयी? तो मैंने उससे कहा कि मैं बहुत पहले जग गयी थी, इसलिए जल्दी से नहाकर तैयार हो गयी। विनीता भी नहाकर तैयार हो गयी थी।

हम मंदिर के लिए निकल गये थे। मंदिर जाते समय एक साथ जाना नहीं होता था, क्योंकि हम दोनों को निकलने में समय लग जाया करता था, तो वे दोनों दोस्त पहले ही निकल जाते थे। हम चारों मंदिर से दर्शन करके एक साथ आया करते थे। वे दोनों दर्शन करके मंदिर से बाहर ही खड़े थे। मैं और विनीता दर्शन करके आये। फिर हम चारों एक साथ चलने लगे।

उस समय मुझे शर्म आ रही थी और निगाहें उसे देखने के लिए बेताब भी थी। जब-जब मैं उसको देखती तो मुझे बहुत ही अच्छा लग रहा था। लेकिन जब वो मुझे देखता, तो मैं तुरंत नजरें नीचे झुका लिया करती थी। फिर थोड़ी देर बाद ही मैं उसे देखती थी। उस समय उसे देखकर बहुत ही खुशी मिल रही थी।

मन ही मन बहुत मुस्कुरा रही थी। मन गुन-गुना रहा था। उसे देखकर मेरे मन में जो ताजगी भरी हवा चल रही थी, वो मुझे शांति का एहसास करा रहा था। एक पल को दिल ने तो यही चाहा कि उसका हाथ थाम लूँ और उसे वहीं रोक लूँ। फिर एक पल में दिल यह चाह रहा था कि दिल की दास्तान उसे कह दूँ।

निगाहें बार-बार उसको देख रही थी पर दिल है कि उसे देखकर तसल्ली नहीं मिल रही थी। बस, उसे एक निगाह देखती रहूँ। कुछ ही देर हुआ उसे देखे हुए, फिर भी उसे देखने के लिए मन तरसा जा रहा था। झुकी हुई गर्दन ऊपर

की ओर उठाकर उसे देखा, तो उसकी आँखों से मेरी आँखें मिल गयी। उस पल मैं पूरी तरह से शून्य की तरह हो गयी थी।

उसने अपने आँखों के इशारों से पूछा, "क्या हो गया?" और मैंने गर्दन हिलाते हुए कहा, ''कुछ भी नहीं।'' वो मुझे देख मुस्कुराने लगा, उसकी मुस्कान देखकर मैं गर्दन झुकाकर दबी-दबी होंठों से मुस्कुराने लगी। जब-जब उसकी निगाहें मेरी निगाहों से मिलती तो वो मुझे देखकर मुस्कुराने लगता और उसकी मुस्कान देखकर मेरे दिल को बहुत खुशी मिल रही थी।

विनीता और किशन बातें करते हुए एक साथ आगे चल रहे थे और हम दोनों उनके पीछे चल रहे थे। जब-जब मैं उसको देखती, तब-तब वो मुझे देखता। जब भी वो मुझे देखता तो मैं नजरें झुका लेती और मन ही मन मुस्कुराती थी। वो मुझे देखते ही मुस्कुराने लग जाता, उसकी वो मुस्कुराहट मुझे उसकी और नजदीक खींच रही थी। बस, यूँ ही चल रहे थे, घर का रास्ता करीब था और मैं चाहती थी कि यह रास्ता खत्म न हो। जितना करीब घर का रास्ता आ रहा था, उतना उसे देखने के लिए दिल पगलाये जा रहा था।

मेरे चाहने से तो घर का रास्ता लंबा नहीं हुआ, लेकिन मेरे बिन कहे ही मेरी फ्रेंड विनीता ने मेरे दिल का हाल सुन लिया। मेरी दिल की बेचैनी और उसे देखकर मेरा चेहरा पुष्प की तरह खिल उठना वह अच्छे से जान गयी थी। उसने मुझसे पूछा नहीं था,

क्योंकि वह जानती थी कि अगर पूछेगी तो मैं सिर्फ न ही कहूँगी, इसलिए उसने मुझसे कुछ पूछा ही नहीं था। लेकिन विनीता ने रात में किशन से उसका फ़ोन नंबर माँग लिया था। तुरंत किशन ने उसको फ़ोन करके बता दिया कि विनीता ने मुझसे तेरा फ़ोन नंबर माँगा है और मैंने उसे नंबर दे दिया है। हो सकता है, वो अंजान बनकर तुझसे मजाक कर सकती है।

जब विनीता ने कोमल के पास फ़ोन किया, तो वह उससे वैसे ही मजाक करने लगी जैसे की किशन ने उसको बताया था। कोमल अच्छे से जानता था कि विनीता फ़ोन करके मजाक कर रही है, तो विनीता उससे मजाक तक नहीं कर पायी। तभी विनीता भी समझ गयी थी कि इसको ज़रूर किशन ने पहले ही फ़ोन करके बता दिया होगा कि मैंने फ़ोन नंबर लिया है। विनीता ने सोचा था कि

कोमल से बहुत मजाक करूँगी पर किशन की वजह से नहीं कर पायी।

कुछ देर तक बातें करने के बाद विनीता ने मुझसे बात करने के लिए फ़ोन दे दिया। जब मुझे फ़ोन दिया तो मैं कुछ समझ ही नहीं पायी, क्या बात करूँ? कुछ देर बात करके हमने यह कहकर फ़ोन रख दिया कि चलो फिर कल सुबह मिलते हैं।

* * *

दूसरे दिन हम सब मंदिर गये। वे दोनों मंदिर पर हमारे लिए खड़े थे। विनीता किशन से बहुत गुस्सा थी, क्योंकि उसने कोमल को बताने के लिए मना किया था कि मैं नये नंबर से फ़ोन करने वाली हूँ। लेकिन उसने विनीता के फ़ोन करने से पहले कोमल के पास फ़ोन करके बता दिया था। विनीता किशन से बिल्कुल भी बात नहीं कर रही थी। कोमल ने उससे पूछा भी था कि, "तुमको क्या हुआ है? तुम अच्छे से बात क्यों नहीं कर रही हो?" विनीता ने उसे कोई खास वजह नहीं बतायी।

फिर कुछ समय बाद वो मुझसे पूछने लगा कि, "आज विनीता हमसे अच्छे से बात क्यों नहीं कर रही है?" मैंने उसको बताया कि, "वह आपसे फ़ोन पर मजाक करने वाली थी। लेकिन किशन ने आपको पहले ही फ़ोन करके बता दिया, इसलिए किशन पर बहुत गुस्सा है।"

जब कोमल को पता चला कि विनीता किसलिए अच्छे से बात नहीं कर रही है, तो उसने विनीता को समझाया कि, "ऐसे छोटी-छोटी बातों पर गुस्सा नहीं करते हैं, गुस्सा छोड़ दो और अब अच्छे से बातें करो।" तो विनीता ने कहा, "मैं आपसे बिल्कुल भी गुस्सा नहीं हूँ। बस, किशन से गुस्सा हूँ, क्योंकि मैंने उसे मना किया था। फिर भी उसने आपको बता दिया।"

उस समय विनीता किशन से बात नहीं कर रही थी। हम तीनों बातें करते हुए चल रहे थे और किशन चुपचाप हमारे साथ चल रहा था। घर का रास्ता ज्यादा दूर नहीं था।

तभी एक आदमी जो कि बाइक में था। बाइक रोककर हमको गंदे-गंदे

आज फिर जीने की तमन्ना है...

तरीके से कोमेंट करने लगा और गाली देने लगा। कोमल और किशन उस आदमी को समझाने लगे और कहने लगे कि, "जबान संभालकर बात करो। तुम ऐसे कैसे कह रहे हो?" जबकि वो आदमी हमारे घर से ज्यादा दूर नहीं रहता था।

मैं और विनीता उन दोनों को ज्यादा कुछ कहने के लिए मना कर रहे थे और कहा कि, "इसको तो हम घर जाकर घरवालों से डाँट लगवायेंगे। अभी आप दोनों चुप हो जाओ।" तो वे दोनों हमसे कहने लगे कि, "फिर भी यह आदमी हम सबको ऐसा क्यों कहेगा? वो कुछ भी कहेगा और हम चुप कैसे रह जाएँ?"

जैसे-तैसे हमने उन दोनों को चुप करा लिया और हम घर चले गये। घर जाकर विनीता ने अपनी मम्मी से उस आदमी के बारे में कहा कि, "हम दोनों किशन और कोमल के साथ मंदिर जाते हैं तो उन दोनों को बहुत बुरा-बुरा कहने लगा। हमारी वजह से उन दोनों को बहुत बुरा लगा।" तभी विनीता की मम्मी उसको लेकर उस आदमी के घर गयी और वो आदमी भी अपने घर आ गया था, तो विनीता की मम्मी ने उस आदमी को अच्छी तरह से सबक सिखाया।

वे दोनों शाम के समय अजय भईया के घर आये। तब विनीता की मम्मी घर के बाहर बैठी थी तो उन दोनों को देखकर रोका और कहने लगी कि, "मैंने उस आदमी को अच्छे से समझा दिया है। अब वो आदमी कुछ नहीं कहेगा।"

एहसास छूने का

उसके बाद अगली सुबह हमारी आख़िरी बार मंदिर जाना था। उस दिन नवरात्रि के नौवाँ दिन था। दीप... पता है, उस दिन मेरे हाथ ने उसके हाथ को छुआ था। वो पहली बार उसके छूने का एहसास मैं आज तक नहीं भूल पायी। जब मैंने उसके हाथों को और उसने मेरी हाथों को छुआ था, उस पल मैं पूरी तरह से उसके प्यार में उसकी हो गयी थी।

आख़िरी बार मंदिर में जाने से पहले रात में हमारी फ़ोन पर बातें भी हुई थी। पहले कोमल ने विनीता से बात किया और कहा कि, "आज उस आदमी ने हम लोगों का दिन ही ख़राब कर दिया। आज पूरा दिन वही बातें सोच-सोचकर बिल्कुल अच्छा नहीं लग रहा है और वैसे भी अब तो कल आख़िरी बार मंदिर जाना होगा। फिर न जाने कब ऐसे हम सब एक साथ मिलेंगे? बस, कल का और दिन है।" कुछ देर बातें करके विनीता ने मुझे फ़ोन दे दिया।

सोचती थी कि उससे फ़ोन पर बहुत सारी बातें करूँगी। बातें तो दिल में बहुत रहती थी, लेकिन फ़ोन पर बातें करती थी, तो सब कुछ भूल जाया करती थी। जब फ़ोन पर बातें कर रही थी तो मैंने कहा कि कल दर्शन करके घर आकर अपने गाँव जाऊँगी। वहाँ दो दिन रहकर, फिर दो दिन बाद मामा के घर अलीगढ़ जाऊँगी।

मामा के वहाँ जाने का मेरा मन बिल्कुल नहीं है। लेकिन वहाँ मुझे सब बुला रहे हैं और मैं बहुत दिनों से गयी नहीं हूँ। आख़िरी में यही कहा कि इन दिनों आप और आपके दोस्त से मिलकर बहुत ही अच्छा लगा। कल हम आख़िरी बार दर्शन करने जायेंगे। इसके बाद फिर मुलाकात होगी या नहीं यही सोचकर अच्छा नहीं लग रहा है। फिर मैंने उसको गुड नाइट कहकर फ़ोन रख दिया।

मंदिर से दर्शन करके आते समय हम बातें करते हुए आ रहे थे। कोमल ने मेरी तरफ हाथ मिलाने के लिए बढ़ाया यह कहकर कि फिर कब मिलेंगे। मैं भी हाथ मिलाने के लिए अपना हाथ बढ़ा ही रही थी। तभी सामने से कुछ लोग आ रहे थे, तो मैंने शर्म से अपनी हाथ को रोक लिया।

''आप दोनों ने तो हाथ मिलाया ही नहीं तो फिर आप कह रही हो...।'' शिखा की बातें सुनकर दीप ने कहा।

''हाँ, उस वक्त जब उसने अपना हाथ बढ़ाया था, तो मैं हाथ मिला नहीं पायी। इसी वजह से मुझे बिल्कुल भी अच्छा नहीं लग रहा था। मैं बहुत ही अफसोस कर रही थी। घर आ आने के कुछ समय बाद मैंने विनीता से कहा कि हमको दूसरी मंदिर दर्शन करने चलना चाहिए। मेरी बात सुनकर वह मान गयी थी।'' शिखा ने कहा।

''अच्छा! फिर क्या हुआ?'' दीप ने पूछा।

फिर विनीता ने कोमल को फ़ोन लगाया और उसको मंदिर जाने के लिए कहा। कोमल भी जाने के लिए मान गया। फिर विनीता ने किशन के पास फ़ोन किया, लेकिन उसने सुनकर मना कर दिया क्योंकि उसके घर पर किसी काम की वजह से वह व्यस्त हो गया था। तभी विनीता ने फिर से कोमल के पास फ़ोन लगाया और कहने लगी कि, "आप का दोस्त नहीं आ सकता है। वह व्यस्त है| लेकिन आप चलने के लिए मना मत करना अब।"

कोमल भी जाने के लिए मना कर रहा था कि, "मेरा दोस्त नहीं चल रहा है, तो मैं कैसे अकेले जा सकता हूँ?" फिर विनीता और मैंने उसे जैसे-तैसे चलने के लिए मनाया। वह जाने के लिए राजी हो गया। हम दोनों मंदिर जाने के लिए घर से निकल गये थे। वो भी अपने घर से निकल गया था। हम मंदिर में मिले। तीनों ने मिलकर देवी माँ के दर्शन किये।

मंदिर से निकलकर हम तीनों एक साथ घर ही आ रहे थे। फिर एक मोड़ आया। उस मोड़ से वह अलग अपने घर जाने वाला था और हम अलग रास्ते से अपने घर जाने वाले थे। उसी मोड़ पर कुछ पल के लिए रुके। तभी मैंने उसके हाथ को अपने दोनों हाथों से पकड़ा।

जब मैंने उसके हाथ को छुआ तो ऐसा लगा, जैसे मैंने सागर की पानी को छू लिया है। छुआ था जब मैंने उसके हाथ को तो ऐसा लगा कि सपनों में अचानक से एक जगह से दूसरी दुनिया चले जाते हैं। उसी तरह से मैं भी उस वक्त किसी और दुनिया चली गयी थी। ऐसा लग रहा था, जैसे मैं सागर की लहरों से टकरा रही हूँ। ऐसा लग रहा था, जैसे मेरे कदमों के नीचे से जमीन चल

रहे हैं। ऐसा लग रहा था, जैसे मेरे सिर के ऊपर से बादल चल रहे हैं।

बस, कुछ ही पल तो उसका हाथ छुआ था। कुछ ही पल में जैसे ज़िंदगी मिल गयी हो। खोई हुई सुकून रास्ते में मुझसे टकरा गयी। ज़िंदगी में जो ग़म से लड़ते आ रही थी, उनसे जैसे मुझे राहत मिल गयी। ज़िंदगी से अब कुछ वास्ता नहीं, चाहिए सिर्फ... तुम।

आँखें जब खोली तो मेरी नजरों के सामने उसका मुस्कुराता हुआ चेहरा दिखा और मेरी हाथों को पकड़ा हुआ था। उसके हाथों से अपना हाथ हटाने का मन तो नहीं था पर हटाना पड़ा, क्योंकि हम बीच मोड़ पर खड़े थे। कोई देख न ले उसका भी डर लग रहा था। फिर वो दूसरी रास्ते से अपने घर की ओर चला गया और हम दोनों भी दूसरी रास्ते से घर आ गये।

चल रास्ते में रही थी। मन खुशी से नाच रहा था। विनीता मुझसे बातें किये जा रही थी पर पता नहीं क्या कह रही थी? मैं उसके पास होने की एहसास कर रही थी। चलते-चलते रास्ते में ठोकर खायी पर क्या करती? मैं तो उस वक्त वहाँ होते हुए भी वहाँ नहीं थी। मुझे संभालने वाली मेरी सहेली जो मेरे साथ थी, तो मुझे गिरने की कोई फ़िकर नहीं थी।

उस वक्त एहसास था तो सिर्फ उसका। एहसास था कि उसके एक कदम बढ़ते, तो मेरे भी एक कदम बढ़ते। एहसास था कि वो मुझे देखते-देखते चल रहा है और मैं भी उसे देखते-देखते चल रही हूँ। एहसास था कि वो मुझे देखकर मुस्कुरा रहा है और मैं भी उसे देखकर मुस्कुरा रही हूँ।

प्यार का चला ऐसा जादू

घर आकर देखा पापा आये हैं। पापा को देखकर मैं बहुत खुश हुई। पापा मुझे ले जाने के लिए आये थे। मुझे गाँव जाने का बिल्कुल भी मन नहीं था। लेकिन मैं पापा से मना भी नहीं कर सकती थी, क्योंकि पापा से मैंने चार दिन पहले कह दिया था कि मुझे ले जाने के लिए आ जाना।

थोड़ी देर बैठी फिर मैंने पापा को खाना खाने के लिए दिया। उस समय मुझे खाने का मन बिल्कुल भी नहीं था। लेकिन पापा ने कहा कि, "बेटा तू भी खाना खा ले।" तो मैंने थोड़ा-सा खाना खा लिया था। पापा मुझे अपने गाड़ी में बिठाकर गाँव ले गये।

वहाँ जाकर मुझे बिल्कुल भी अच्छा नहीं लग रहा था। उस समय मेरे पास खुद का फ़ोन नहीं था, जो उससे बात कर लेती। मुझे उस समय कोमल की बहुत याद आ रही थी।

मुझे कोमल का नंबर याद हो गया था। जब मेरी छोटी बहन मेरे साथ बैठी हुई थी। तब मैंने अपनी बहन से पापा के फ़ोन से उसके पास फ़ोन करने के लिए कहा। मेरी बहन ने कोमल के पास फ़ोन लगाया। मोना ने ही पहले कोमल से बात की। दोनों ने आपस में एक-दूसरे से हाल-चाल पूछा। थोड़ी देर बात करने बाद मोना ने मुझे फ़ोन दे दिया।

''यह नंबर किसका है?'' कोमल ने पूछा।

''यह नंबर पापा का है। फ़ोन पास में ही रखा था, तो मैंने सोचा कि आपके पास फ़ोन कर लेती हूँ।'' मैंने जवाब दिया।

''आप क्या कर रहे हो?'' फिर मैंने पूछा।

''कुछ नहीं लेता हूँ।'' कोमल ने जवाब दिया।

''गाँव जाकर कैसा लग रहा है?'' फिर कोमल ने पूछा।

"मुझे अच्छा नहीं लग रहा है। मैं दो दिन के लिए आ रही हूँ। आज पापा कह रहे थे कि पाँच दिन बाद तेरे मामा जी तुझे ले जाने के लिए आ रहे हैं। वैसे

भी तू बहुत समय से मामा के घर नहीं गयी है।” मैंने कहा।

“यह तो अच्छी बात है। जब तुम कह रही हो कि बहुत समय से तुम मामा के यहाँ गयी नहीं हो तो तुमको जाना चाहिए।” मेरी बात सुनकर कोमल ने कहा।

“मुझे जाने का मन नहीं कर रहा है पर मुझे जाना पड़ेगा, क्योंकि मामा ने पापा से कह दिया कि पाँच दिन बाद आकर मुझे ले जायेंगे और पापा ने भी हाँ कर दिया है।” मैंने कहा।

“मैं दो दिन के लिए आ रही हूँ। फिर गाँव चली जाऊँगी। यहीं से मामा जी आकार ले जायेंगे।” आख़िरी में मैंने उसको फ़ोन पर कहा।

दो दिन बाद मैं शहर आ गयी। वैसे तो पापा मुझे मना कर रहे थे और कह रहे थे कि दो दिन बाद तेरे मामा जी तुझे लेने आ रहे हैं, तो फिर अभी जाकर क्या करेगी? मैंने पापा से कहा कि, “मैं ज्यादा कपड़े लेकर नहीं आयी हूँ। वहाँ से थोड़ा-बहुत कपड़े ले आऊँगी और पता नहीं मामा जी के घर कितने दिन रहूँगी, तो मेरा विनीता से भी मिलना हो जाएगा।

फिर से गाँव जाने से पहले मैंने रात में कोमल के पास फ़ोन किया। थोड़ी देर बात करने के बाद मैंने कहा कि कल सुबह गाँव चली जाऊँगी। वहाँ से मामा जी मुझे ले जायेंगे। मुझे यह नहीं पता कि मैं कितने दिन बाद वापस आऊँगी? शायद दस दिन से ज्यादा हो सकता है। सोच रही हूँ कि जाने से पहले एक बार आपको देख लूँ, तो क्या आप कल सुबह छोड़ने के लिए आ सकते हो?”

“अगर किसी ने हम दोनों को एक साथ देख लिया तो क्या सोचेंगे?” कोमल ने पूछा।

“मेरे साथ विनीता भी रहेगी। वह भी मुझे छोड़ने के लिए जायेगी। फिर तो आप आ सकते हैं न।” मैंने कहा।

“ठीक है, सुबह मेरे पास फ़ोन कर देना। मैं आ जाऊँगा।” थोड़ा रुककर कोमल ने कहा।

“मैं और विनीता निकलने वाले हैं, तो आप भी निकल जाओ।” सुबह होते ही मैंने उसे फ़ोन करके कहा।

“आप दोनों निकलो। मैं भी घर से निकलता हूँ।” कोमल ने कहा।

फ़ोन रखने के बाद हम दोनों घर से निकल गये पर वह नहीं निकला, तो मैंने फिर से फ़ोन किया।

"मैं घर से निकल चुका हूँ। आप दोनों चलते रहो, मैं आने ही वाला हूँ।" फ़ोन उठाने के बाद कोमल ने कहा।

हम दोनों चलते-चलते बस स्टैंड तक पहुँच चुके थे, लेकिन वो नहीं आया। इस बार विनीता ने फ़ोन लगाकर कहा, "आप कितने देर में आ रहे हो? हम बस स्टैंड आ चुके हैं और यहीं पर आपका इंतज़ार कर रहे हैं। जल्दी से आ जाओ।"

"मैं आने ही वाला हूँ, रास्ते में हूँ। थोड़ी देर इंतज़ार करो।" कोमल ने विनीता से कहा।

हम बस स्टैंड पर बैठकर उसका इंतजार कर रहे थे। फिर वह आ गया। हम तीनों ई-रिक्शा पर बैठ गये और रिक्शावाला रिक्शा चलाने लग गया। हम नदी के इस पार उतर गये और मुझे उस पार जाना था। जैसे ही मैं रिक्शा से उतर रही थी, तो मैंने पापा को एक दुकान पर बैठे हुए देखा। मैंने कोमल से कहा कि, "पापा दुकान पर बैठे हैं तो आप आगे निकल जाओ, नहीं तो साथ में देख लेंगे।" वो आगे चला गया।

पापा ने भी मुझे देख लिया। पापा मुझे और विनीता को गाड़ी में बिठाकर गाँव ले गये। कोमल वहीं नदी के उस पार खड़ा देखता रहा। मुझे बिल्कुल भी अच्छा नहीं लग रहा था, उसे ऐसे वहाँ छोड़ कर जाना।

मैं उसे ठीक से देख भी नहीं पायी। मैं उसके कोमल चेहरे को देखना चाहती थी। मैं उसके कोमल आँखों को निहारना चाहती थी। मैं उसके कोमल होंठों को मुस्कुराते हुए देखना चाहती थी। मैं उसके कोमल हाथ को अपनी हाथ से छूना चाहती थी।

हम गाँव आ गये और शाम के समय विनीता को पापा शहर छोड़कर आ गये थे। पापा ने विनीता से कुछ दिन गाँव में रुकने के लिए कहा। लेकिन वह नहीं रुकी, क्योंकि घर पर उसके भईया की छोटी लड़की थी और उसकी भाभी पारिवारिक समस्यायों के कारण उनके साथ नहीं रहती थी। लाली को छोड़कर वह यहाँ से चली आयी थी। लाली की देखभाल विनीता और उसकी मम्मी ही करती थी। विनीता की मम्मी लाली को ज्यादा देर संभालकर नहीं रख पाती थी

और लाली ज्यादातर विनीता और मेरे पास ही रहती थी, इसलिए विनीता शाम होते ही शहर चली गयी थी।

मैं गाँव से मामा के साथ अलीगढ़ चली गयी। ननिहाल में जाकर मुझे बहुत अच्छा लगता था, लेकिन इस बार बिल्कुल भी मन नहीं लग रहा था। इससे पहले तो यहाँ आकर न तो शहर में आना अच्छा लगता था और न ही गाँव आना अच्छा लगता था। मामा के घर आकर ऐसा मन करता था कि तीन-चार महीने यहीं रह जाऊँ। लेकिन इस बार तो ऐसा मन कर रहा था कि कैसे करके मैं जल्दी से शहर आ जाऊँ और शहर आकर उससे मिलूँ।

"जब हम किसी से प्यार करते हैं, तो हमारा साथी कुछ दिनों के लिए दूर जाता है तो उस वक्त वो कुछ दिन कुछ दिन नहीं लगते। ऐसा लगता है, जैसे कितने सालों के लिए खुद से दूर गया है।"

फिर से दीप कहता है कि, "शिखा जी... प्यार का जादू होता ही कुछ ऐसा है कि जिससे भी हम प्यार करते हैं और वो शख़्स कुछ दिन के लिए दूर चला जाए या हम उससे कुछ दिन के लिए दूर चले जाएँ तो हमको कुछ भी अच्छा नहीं लगता है। भले ही हम मन पसंद जगह पर जाएँ पर वहाँ भी मन नहीं लगता है। उस वक्त मन सिर्फ यही कहता है कि काश वो भी यहीं होता तो कितना अच्छा होता।"

"हाँ, दीप... बात तो सही कहा और उस वक्त मेरे साथ भी ऐसा हो रहा था। वैसे तो मैं मामा के वहाँ दस दिन के लिए गयी थी। लेकिन वो दस दिन गुजारना बहुत ही मुश्किल हो रहा था। उस वक्त मेरे पास अपना फ़ोन नहीं था। मन करता था कि कैसे न कैसे करके फ़ोन मिल जाए और फ़ोन करके उसकी बातें सुनती रहूँ। उसकी आवाज सुनने के लिए मेरे कान तरस रहे थे।

एक दिन मैंने मामा से यह कहकर फ़ोन माँग लिया कि मुझे विनीता से बात करनी है, मामा ने अपना फ़ोन दे दिया। मैंने कोमल के पास फ़ोन लगाया और उस वक्त मैं उस रूम में चली गयी, जहाँ कोई नहीं था। फ़ोन की घंटी जा रही थी।"

"मुझे यहाँ बिल्कुल भी मन नहीं लग रहा है। यहाँ आकर मुझे कितना अच्छा लगता था। लेकिन इस बार बिल्कुल भी अच्छा नहीं लग रहा है।" कोमल

के फ़ोन उठाने के बाद मैंने कहा।

"तुमको वहाँ मन क्यों नहीं लग रहा है?" कोमल ने पूछा।

"पता नहीं क्यों इस बार मुझे यहाँ आकार बिल्कुल भी मन नहीं लग रहा है? ऐसा मन कर रहा है कि जल्दी से घर आ जाऊँ।" मैंने जवाब दिया।

"ज़रूर तुम्हारे मन में कुछ चल रहा है, तभी वहाँ मन नहीं लग रहा है। जब मामा के घर गयी हो, तो वहाँ का आनंद लो।" थोड़ी देर रुककर कोमल ने कहा।

अब उसको कैसे बताती कि मेरे मन में तो सिर्फ तुम ही चल रहे हो। मेरे मन में चल रहा है, तुम्हारे दो आँखों का जादू। मेरा मन अब मेरा न रहा, मेरा मन तुमसे मिलने के लिए हुआ है... बेकाबू।

"ठीक है, जैसा आप कहते हो।" फ़ोन रखने से पहले मैंने कोमल से कहा।

फ़ोन रखने के तुरंत बाद मैंने मामा के फ़ोन से कोमल का नंबर डिलीट कर दिया। मैं वहाँ दस दिन तक नहीं रह पायी। किसी न किसी तरह से कोई वजह बताकर पाँच दिन में चली आयी। मामा मुझे पहले गाँव लेकर आये, फिर दूसरे दिन मैं शहर आ गयी।

"वैसे, तुमने अपने शहर का नाम नहीं बताया।" दीप ने कहा।

"दीप..." शिखा ने धीरे से कहा।

"क्या हुआ?" दीप ने पूछा।

"दीप... जिस शहर से मुझे सिर्फ दर्द मिला है। क्या उस शहर का नाम बताना जरूरी है?" शिखा ने पूछा।

"न न न... कोई जरूरी नहीं बताना।" दीप ने कहा।

* * *

घर आते ही मैं विनीता से उसके बारे में पूछने लगी कि, "तूने उससे फ़ोन पर बात की या नहीं?" तो वह कहने लगी, "हाँ, एक दिन मैंने उससे फ़ोन पर बात किया था।" उसके बाद मैंने विनीता से फ़ोन लेकर कोमल के पास फ़ोन किया।

जब मैं उससे फ़ोन पर बातें कर रही थी, तो उसको यकीन नहीं हो रहा था

कि मैं यहाँ पर आ चुकी हूँ और मैंने उसको बताया भी नहीं था कि मैं यहाँ आ रही हूँ और न ही विनीता ने बताया था।

"इतनी जल्दी, अभी तो तुम कुछ दिन और वहाँ रहने वाली थी न।" कोमल ने कहा।

"वहाँ मेरा मन बिल्कुल भी नहीं लग रहा था, इसलिए मैं चली आयी।" मैंने कहा।

"अच्छा हुआ, तुम आ गयी। विनीता भी तुमको बहुत याद कर रही थी। चलो ठीक है, फिर किसी दिन मिलते हैं।" कोमल ने फ़ोन रखते हुए कहा।

फ़ोन पर बातें करने के बाद तो उससे मिलने की बहुत इच्छा हो रही थी। उसे देखने का बहुत मन कर रहा था। पर उससे कैसे मिलूँ समझ नहीं पा रही थी? उस वक्त मिलने के लिए वजह भी नहीं था।

मैं कोमल से कह भी नहीं पा रही थी कि मैं आपसे मिलना चाहती हूँ। आपसे मिलकर बातें करना चाहती हूँ और न ही वह फ़ोन करके कहता कि चलो कहीं घूमने चलते हैं या हम सब मिलते हैं।

दीप... पता है, एक दिन की बात है। दोपहर का समय था। उस वक्त मैं कोमल को याद करते-करते सो गयी। उसी वक्त विनीता ने कोमल के पास फ़ोन किया।

"हैलो... कैसे हो आप?" फ़ोन उठाने के बाद विनीता ने पूछा।

"हैलो... अच्छा हूँ। तुम कैसी हो और क्या कर रही हो?" कोमल ने जवाब देकर विनीता से पूछा।

"मैं भी अच्छी हूँ। इस समय मैं कुछ भी नहीं कर रही हूँ, इसलिए आपके पास फ़ोन किया। आप क्या कर रहे हो और इस समय कहाँ पर हो?" विनीता ने भी जवाब देकर कोमल से पूछा।

"तुमने फ़ोन करके अच्छा किया। इस समय मैं घर से बाहर रोड के एक तरफ खड़ा हूँ।" कोमल ने जवाब दिया।

"वैसे, आप वहाँ क्यों खड़े हो?" विनीता ने पूछा।

"ऐसे ही घर पर मन नहीं लग रहा था, तो थोड़ा घर से बाहर घूमने के लिए

निकल आया हूँ। और बताओ तुम्हारी फ्रेंड शिखा क्या कर रही है?" कोमल ने जवाब देने के बाद विनीता से मेरे बारे में पूछा।

"शिखा सो रही है।" विनीता ने जवाब दिया।

"अच्छा! वह सो रही है।" कोमल ने कहा।

"मुझे एक बात कहनी थी।" विनीता ने कहा।

"क्या?" कोमल ने पूछा।

"कब तक आप दोनों ऐसे ही बातें करते रहोगे?" विनीता ने पूछा।

"तुम्हारे कहने का मतलब समझा नहीं, मुझे अच्छे से समझाओ।" कोमल ने कहा।

"अरे... तुम्हें शिखा को देखकर पता नहीं चलता कि वह तुमसे प्यार करती है।" विनीता ने कहा।

"नहीं, उसने तो मुझे कहा नहीं कि वह मुझसे प्यार करती है।" कोमल ने कहा।

"पहली बात तो यह कि वह एक लड़की है, तो पहले आपसे कैसे कह सकती है कि वह आपसे प्यार करती है। दूसरी बात तो यह कि वह पहले आपसे कह भी नहीं पायेगी, क्योंकि वह ऐसी बात कहने से शर्माती है। उसने खुद मुझसे नहीं कहा कि आपसे प्यार करती है।" विनीता ने कहा।

"अच्छा! तो फिर आप किस तरह कह रही हो कि शिखा मुझसे प्यार करती है।" कोमल ने पूछा।

"उसकी आँखों में साफ-साफ नजर आता है कि वह आपसे प्यार करती है। मैं तो उसी समय समझ गयी या कहूँ शिखा को देखकर जान गयी, जब हम सब साथ में मंदिर जाते थे। आपसे मिलकर वह बहुत खुश रहती है। जब भी फ़ोन पर आपसे बातें करती है, तो उसके चेहरे पर अलग ही मुस्कान होती है। वैसे, मैं यही कहना चाहूँगी कि मेरी फ्रेंड से मिलकर आपको प्यार का इज़हार कर देना चाहिए।" विनीता ने कहा।

फ़ोन रखने से पहले विनीता ने आख़िरी बार कोमल से कहा, "चलो ठीक है, मैं अब फ़ोन रखती हूँ। लेकिन तुम अभी यह बात शिखा से मत कह देना।

जब आप उससे मिलोगे, उसी समय प्यार का इज़हार करना।"

"ठीक है, मिलते हैं किसी दिन। वैसे, मन नहीं लग रहा था, पर तुमसे बात करके समय का पता नहीं चला।" कोमल कहा।

प्यार का इज़हार

कुछ दिनों बाद जब मैंने कोमल के पास फ़ोन किया, तब शायद दिन के 3 बज रहे थे। उस समय मैंने उससे पूछा, "आप क्या कर रहे हो?"

"अभी तो कुछ नहीं कर रहा हूँ पर कहीं जाना था, इसलिए सोच रहा हूँ कि मुझे जाने के लिए तैयार हो जाना चाहिए। वैसे तो अभी मेरे पास समय है। फिर भी सोच रहा हूँ, तैयार हो जाऊँ। वैसे, तुम क्या कर रही हो?" कोमल ने जवाब देकर मुझसे पूछा।

"कुछ नहीं, इसलिए मैंने आपके पास फ़ोन किया और इस वक्त तो घर पर विनीता और मेरे सिवा कोई भी नहीं हैं।" मैंने जवाब दिया।

"अच्छा! सब लोग कहाँ गये?" कोमल ने पूछा।

"बड़ी दी यानी ताऊजी की बेटी बच्चों को पढ़ाने गयी है। विनीता की मम्मी किसी काम से गयी है। ताऊजी जी, विनीता के पापा और बाकी के सदस्य दिन में काम के चलते घर पर नहीं रहते हैं। वैसे, आप कहाँ से होकर जाने वाले हो?" मैंने जवाब देकर कोमल से पूछा।

"आपकी घर से जो गली पड़ती है, जिससे हर कोई आता-जाता है।" कोमल ने जवाब दिया।

"अभी तो आपके पास बहुत समय है। मैं सोच रही थी, क्यों न आप तैयार होकर यहाँ घर पर आ जाओ। वैसे, हम बहुत समय से मिले भी नहीं है और इस समय घर पर कोई भी नहीं है। आप घर पर आ जाइए।" मैंने ने कहा।

"आपके घर के आस-पास रहने वाले कुछ नहीं कहेंगे और आपके घर के लोगों में से कोई आयेगा तो नहीं?" कोमल ने पूछा।

"कोई भी आपसे कुछ भी नहीं कहेगा। अभी दिन का समय हो रहा है तो धूप निकल रही है, इसलिए अभी सब अपने घर पर ही रहते हैं। कोई भी घर से नहीं निकलता है और इस समय कोई भी घर पर नहीं आयेंगे तो आप आ जाओ।" मैंने जवाब दिया।

"फिर ठीक है, अब मैं जल्दी से तैयार हो जाता हूँ और आने से पहले मैं तुम्हारे पास फ़ोन कर दूँगा। तुम दरवाजे पर ही खड़ी रहना।" कोमल ने कहा।

जैसे की उसने कहा था कि घर आने से पहले फ़ोन करेगा। जब वह घर की गली तक आ गया था तो उसने फ़ोन किया और कहने लगा कि, "मैं तुम्हारे घर के रास्ते में आ चुका हूँ। तुम कहाँ हो? दरवाजे के पास आ जाओ और बाहर देख लो कि कोई है तो नहीं।"

जितना वो मेरे घर के करीब आ रहा था, उतना ही भयभीत हो रहा था। सच में वह बहुत डरा हुआ था। उसे डर लग रहा था कि कोई भी उसे घर आते देख न ले। घर आने से पहले उसने इधर-उधर देखा। फिर उसने अपना कदम तेजी से बढ़ाया और घर के अंदर आ गया। मैंने जल्दी से दरवाजा बंद कर दिया।

जब वह अंदर आया तो मैंने उसको देखा कि डर के मारे जैसे उसकी जान निकल रही हो और माथे से पसीने टपक रहे थे। गर्मी का मौसम था। वह ज्यादा देर नहीं रुका। शायद 15 मिनट ही रुका होगा। उसको विनीता के रूम में बिठाया। विनीता हमारे घर रेंट में रहती थी। मैंने उसके लिए कोल्ड ड्रिंक्स और चिप्स खरीदकर रखा था तो मैंने उसे खाने के लिए दिए। वह खुद भी खा रहा था और हम दोनों को भी खाने के लिए दे रहा था। रूम की सजावट देखकर उसने कहा कि रूम की सजावट बहुत ही अच्छी लग रही है।

जिस रूम में विनीता रहती थी। उसी रूम के नीचे बेसमेंट भी बना हुआ था, तो उसे बेसमेंट दिखाने के लिए नीचे ले गयी।

"अरे! यह तो बहुत ही अच्छा है। यहाँ नीचे तो गर्मी के समय ज्यादा गर्मी भी नहीं लगती होगी।" बेसमेंट देखकर कोमल ने कहा।

"हाँ, नीचे ज्यादा गर्मी नहीं लगती है।" उसकी बातें सुनकर मैंने जवाब दिया।

नीचे अँधेरा हो रहा था, तो मैंने लाइट की स्विच ऑन कर दिया। वैसे, उस समय गर्मी का मौसम था, इसलिए मैंने फैन भी ऑन कर दिया।

"अरे! लाइट और फैन ऑन करने की ज़रूरत नहीं थी।" कोमल ने कहा।

"आपको गर्मी लगती है न, इसलिए फैन ऑन कर दिया।" मैंने धीरे से कहा।

"न न न, ऐसी कोई बात नहीं है। बिना फैन ऑन किये भी यहाँ ठंडक है।" कोमल ने कहा।

जब मैंने फैन चला दिया, तो उस समय मेरे बाल खुले होने के कारण मेरे चेहरे पर आ रहे थे। कोमल दीवार के सहारे खड़ा था और मैं उसके सामने ही खड़ी थी। तब उसने अपने हाथ से मेरे बालों को कान के सामने ले आया उस समय ऐसा लग रहा था कि मैं किसी शांत जगह पर आ गयी हूँ। एक पंछी जिस प्रकार चीं चीं करती है, उसकी आवाज तक महसूस नहीं हो रही थी। जबकि जो फैन चल रहा था, वो बहुत ही तेज आवाज कर रहा था। लेकिन मुझे उसकी आवाज का कोई भी अंदाजा नहीं था।

जब वो मेरे बालों को कान तक ले आया, तो मैं उसे देखकर शर्मा गयी और अपना चेहरा नीचे कर लिया। उसने क्या सोचा? पता नहीं पर शायद उसे यह लगा होगा कि मुझे अच्छा नहीं लगा, तो वह मुझसे कहने लगा कि, "सॉरी तुम्हारे बाल आँखों में आ रहे थे। इसलिए मैंने हटा दिया।" और कहने लगा कि, "बहुत समय हो रहा है। घर में कोई भी आ सकता है, तो मुझे अब चलना चाहिए।" उसी समय हम दोनों बेसमेंट से ऊपर आ गये। तभी विनीता रूम में आयी।

"अच्छा, विनीता मैं अब चलता हूँ।" विनीता को देखकर कोमल ने कहा।

"तुमने प्यार का इज़हार किया या नहीं?" इशारों से विनीता ने पूछा।

"नहीं... ।" धीरे से अपनी गर्दन हिलाकर कोमल ने जवाब दिया।

उस वक्त मैं उन दोनों की इशारों की बातें समझ नहीं पायी।

"बाहर जाकर देखना, कोई है तो नहीं।" तभी मैंने विनीता से कहा।

वह देखने के लिए बाहर चली गयी। उसी समय वो दरवाजे के सामने दीवार के सहारे खड़ा था और मैं भी थोड़ी दूरी पर खड़ी थी, तभी वह इशारों से मुझे....

"क्या हुआ? आप चुप कैसे हो गयी हो?" दीप ने पूछा।

शिखा उसकी ओर देखती है और अपनी नजरे नीचे झुका लेती है।

"आगे इशारों में क्या?" फिर से दीप ने पूछा।

"तभी वह इशारों से मुझसे किस माँगने लगा।" शिखा ने धीरे से कहा।

शिखा की बातें सुनकर दीप जोर-जोर से हँसने लगा। शिखा उसको हँसते हुए देखने लगी और दीप से कहने लगी कि, "आपको मेरी बातें सुनकर हँसी आ रही है। एक तो मैंने आपको यह बात जैसे-तैसे करके कही है और आपको हँसी सूझ रही है। इतना कहकर वह चुप हो जाती है और फिर से दीप को हँसते हुए देखती है।

"उसे तो प्यार का इज़हार करना था न और इज़हार किये बिना ही उसने आपसे किस माँग लिया।" हँसते हुए दीप ने कहा।

शिखा एक पल के लिए चुप रही और दीप की बातें सुनकर और उसकी हँसी को देखकर मुस्कुराने लगी और मन ही मन कहने लगी कि, "तेरे जाने के बाद आज फिर इन होंठों पर मुस्कुराहट आयी है। जैसे तुझे देखकर मेरे होंठों पर मुस्कुराहट आती थी। वैसे, आज तेरे जैसे दीप को हँसते देख मेरे होंठों पर मुस्कुराहट आयी है।"

"अगर आपका हँसना हो गया, तो मेरे लिए एक गिलास पानी ला सकते हो?" शिखा ने कहा।

"जी हुजूर... बिल्कुल ला सकते हैं।" दीप ने कहा।

दीप पानी लेने किचन में जाता है। फिर फ्रिज से एक बोतल पानी निकालता है और एक गिलास में पानी भरकर पानी पीता है। फिर एक गिलास पानी भरकर शिखा के पास आता है और उसे पानी पीने के लिए देता है। वह पानी पीती है और गिलास को पास में रखे टेबल पर रख देती है।

"आप खड़े क्यों हो? बैठ जाइए।" शिखा ने कहा।

दीप बेड पर शिखा के पास बैठ जाता है।

"माफ़ करना उस वक्त मैं हँस पड़ा था। आप आगे कह सकती हो, उसके बाद क्या हुआ था?" दीप ने माफ़ी माँगने के बाद पूछा।

"अरे! आपको माफ़ी माँगने की कोई ज़रूरत नहीं है। वैसे, आप हँसते हुए बहुत अच्छे लग रहे थे। बिल्कुल कोमल की तरह।" शिखा ने कहा।

फिर शिखा कहती है कि, "वो इशारों से मुझसे किस माँगने लगा। उस समय मुझे उसका किस माँगना बिल्कुल भी अच्छा नहीं लगा। मैंने उसे कहा कि अब आपको जाना चाहिए। बाहर अभी कोई भी नहीं है। वरना कोई भी आ सकता है।" उसी समय वह चला गया।

हाँ, मैं उससे प्यार ज़रूर करती थी। मैं उसको किस भी कर सकती थी। मैंने उसको किस इसलिए नहीं किया था, क्योंकि उसका पता नहीं था कि वह मुझसे प्यार करता भी है या...?

उसी रात उसने फ़ोन किया। वह कहने लगा कि, "आज आप दोनों से मिलकर बहुत ही अच्छा लगा और सबसे अच्छा तो वो बेसमेंट है। मुझे न ऐसे ही बेसमेंट बहुत अच्छे लगते हैं।"

"हाँ, मुझे भी आप से मिलकर बहुत ही अच्छा लगा। मुझे तो आपसे मिलने का बहुत मन था। मैं आपसे एक बात पूछ सकती हूँ।" मैंने कहा।

"क्या बात है? पूछो।" कोमल ने कहा।

"आप मुझसे क्या माँग रहे थे।" मैंने पूछा।

"क्या? कुछ भी तो नहीं। वैसे, क्या माँग रहा था? तुम ही बता दो।" थोड़ा सोचते हुए कोमल ने कहा।

"अच्छा! आपको नहीं पता, आप मुझसे इशारों से किस माँग रहे थे न।" मैंने कहा।

"ओ! अच्छा... माँग नहीं सकता क्या?" थोड़ा-सा जुबान लड़खराते हुए कोमल ने कहा।

"आप किस क्यों माँग रहे थे और किसलिए माँग रहे थे? आप मुझे क्या समझते हो, जो आप मुझसे किस माँग रहे थे?" मैंने थोड़ा गुस्से में पूछा।

"ऐसे ही मन में आया तो माँग लिया। मैंने क्या गलती कर दी माँगकर? अगर बुरा लगा, तो मुझे माफ़ कर दो।" कोमल ने कहा।

"ठीक है, मैंने आपको माफ़ किया। फिर भी आपके मन ने ऐसा क्यों सोच लिया कि किस माँग लूँ?" मैंने फिर से पूछा।

"पता नहीं।" कोमल ने जवाब दिया।

"वैसे, मैं आपको एक बात बता देती हूँ कि किस उन्हीं से माँगा जाता है, जिनसे प्यार करते हैं। जब भी मन में ऐसा विचार आये, तो यह बात याद रखना कि मैं क्यों माँग रहा हूँ? जब किसी से प्यार करो, तो उसी से किस माँगना।" मैंने कहा।

"अच्छा ठीक है, यह बात याद रहेगी। अब जब भी मिलूँगा, तो आप इस हरकत के लिए सजा दे देना।" कोमल ने कहा।

"इसका मतलब उसको भी आपसे प्यार हो गया था या उसे आपसे प्यार हुआ ही नहीं था या प्यार के नाम से कुछ और ही था।" दीप ने पूछा।

"पता नहीं। उस समय उसको मुझसे प्यार था भी या नहीं।" शिखा ने जवाब दिया।

"आगे क्या हुआ?" फिर से दीप ने पूछा।

उस दिन जो भी हुआ सब कुछ भूलकर एक-दूसरे से अच्छे से बातें होने लगी थी। तीन-चार दिन छोड़कर जब फिर से अगली मुलाकात हुई थी, तो इस मुलाकात के साथ-साथ मेरी ज़िंदगी में बहुत कुछ बदल गया था। मेरी ज़िंदगी में मानो खुशियाँ स्वागत कर रही थी, पर कुछ समय के लिए फिर उन खुशियों से दूर आज तक मुझे ज़िंदगी भर के लिए अँधेरा मिल रही है।

* * *

तीन-चार दिन बाद उसी समय जिस दिन वह पहले घर आया था। ठीक उसी समय घर पर विनीता और मेरे सिवा कोई भी नहीं था। हम दोनों को मन नहीं लग रहा था, तो विनीता मुझसे कहने लगी कि, "कोमल को फ़ोन करके बुला लेते हैं।" वो भी इस समय घर पर होगा, तो मैंने कहा कि, "ठीक है पर तू ही फ़ोन करके कहना, अगर घर पर कुछ नहीं कर रहा हो तो यहाँ आ जाए।"

विनीता ने कोमल के पास फ़ोन किया और फ़ोन उठाने के बाद कोमल से कहा कि, "अगर आप कुछ नहीं कर रहे हो, तो हमारे घर आ जाइए।"

"ठीक है, वैसे भी मुझे अच्छा नहीं लग रहा था। आपने कहा, तो मैं तैयार होकर आता हूँ।" कोमल ने विनीता से कहा।

आज फिर जीने की तमन्ना है...

मैं दरवाजे के पास खड़ी हो गयी थी और देखने लगी कि कोई बाहर तो नहीं है। मैंने उसको फ़ोन करके कहा कि, "कोई भी नहीं है, आप जल्दी से घर के अंदर आ जाओ।" वह घर के अंदर आ गया। फिर मैंने दरवाजा लगा दिया। उसको बहुत गर्मी लग रही थी। बाहर धूप भी बहुत हो रही थी। मैंने देखा उसके माथे से पसीना बहुत निकल रहे थे। मैंने उसे रूम में बैठने के लिए कहा। वह विनीता के रूम में जाकर बैठ गया और विनीता से बातें करने लगा। मैंने उसे एक गिलास पानी पीने के लिए दिया।

थोड़ी देर बाद उसने पानी पिया। फिर वो हमसे बातें करने लगा। इस बार उसके लिए कोल्ड ड्रिंक्स लेकर नहीं आयी थी। खाने के लिए हल्का-फुल्का लेकर आ गयी। वह हमसे बातें करते-करते लेट गया। वह थोड़ा खाता और हमसे बातें भी कर रहा था। उसका फ़ोन पास ही रखा था तो उसके फ़ोन को देखकर विनीता कहने लगी कि, "मैं आपका फ़ोन देख सकती हूँ?"

"बिल्कुल देख सकती हो।" फ़ोन देते हुए कोमल ने कहा।

हम दोनों उससे बात भी कर रहे थे और उसका फ़ोन भी देख रहे थे।

"अगर आपको बुरा न लगे, तो क्या हम गैलरी में आपके फोटोज़ देख सकते हैं?" विनीता ने कोमल से पूछा।

उसने देखने के लिए मना नहीं किया। हम उसके फोटोज़ देखने लगे। फ़ोन में उसके बहुत सारे फोटोज़ थे। फिर हमने देखा कि उसके साथ एक लड़की की बहुत सारी फोटोज़ थी। फोटोज़ देखकर विनीता ने उससे पूछा कि, "यह लड़की कौन है? आपके फ़ोन में इस लड़की के इतने सारे फोटोज़ क्यों है?"

"रचना मेरी बहुत ही अच्छी फ्रेंड है। जब भी इनसे मिलता हूँ तो साथ में बहुत सारे फोटोज़ लेते हैं।" कोमल ने जवाब दिया।

"फिर तो कोई बात नहीं। मुझे पता नहीं था कि आपकी कौन है और अगर बुरा लग रहा है, तो मुझे माफ़ कर दीजिए।" विनीता ने कोमल से कहा।

"इसमें बुरा मानने वाली कोई बात नहीं है। वैसे भी आपको कौन-सा पता था कि वह मेरी फ्रेंड है।" फिर कोमल ने कहा।

फिर वह बातें करते-करते बैठ गया। उसकी नजर सीधे बेसमेंट की और

गयी, वह आँखों की इशारों से कहने लगा, "चले नीचे की ओर।" उसके कहने का मतलब विनीता भी समझ गयी थी, तो वह कोमल से पूछने लगी, "आपको क्या नीचे जाना है?"

"हाँ, नीचे जाकर देखने का मन कर रहा है। बेसमेंट बनाया ही इतना अच्छा है कि आज भी देखने का मन कर रहा है।" कोमल ने जवाब दिया।

विनीता ने मुझसे कोमल को बेसमेंट दिखाने के लिए कहा। हम दोनों नीचे आ गये। मैंने फैन की स्विच ऑन कर दिया पर लाइट की स्विच ऑन नहीं किया था, क्योंकि उसने मना कर दिया था। वह उसी दिन की तरह दीवार के सहारे खड़ा था और मैं उसके सामने...

"यहाँ कितनी शांति का एहसास हो रहा है, बहुत ही अच्छा लग रहा है। यहाँ तुमको अच्छा नहीं लगता?" कोमल ने मुझसे पूछा।

"हम्म... अच्छा लगता है। जब विनीता के मम्मी-पापा दिन में घर पर नहीं रहते, तो मैं यहीं रहती हूँ। कभी-कभी थोड़ी देर के लिए नीचे भी आ जाती हूँ।" मैंने जवाब दिया।

फिर हम दोनों चुप हो गये। थोड़ी देर के लिए कुछ भी नहीं कहा। माहौल बिल्कुल शांत हो गया था। दोनों ही चुपचाप खड़े थे। मैं सिर झुकाये खड़ी थी और वह गर्दन को कभी इधर तो कभी उधर कर रहा था। पता नहीं... मेरे मन में कैसे विचार आया? मैं उससे पूछने लगी, "आखिर, तुमने उस दिन मुझसे किस क्यों माँगा था?"

"अरे! तुम उस दिन की बात क्यों कर रही हो? वैसे भी तो कहा था कि मन किया तो माँग लिया।" कोमल ने जवाब दिया।

"तुमने ऐसे कैसे मुझसे किस माँग लिया, ज़रूर कुछ तो सोचकर माँगा होगा। आखिर, वह वजह क्या है? तुम मुझसे छीपा नहीं सकते। तुमको सच बताना होगा।" फिर से मैंने कोमल से पूछा।

"बिकॉज़ आई लव यू... मैं तुमसे प्यार करता हूँ और मुझे पता है कि तुम भी मुझसे प्यार करती हो।" कोमल जवाब देकर चुप हो गया।

जिस सुकून की तलाश थी। उसके मुँह से सुनकर वह सुकून मिल रही थी।

बहुत ही प्यारे शब्द लग रहे थे उसके मुँह से सुनकर कि मैं तुमसे प्यार करता हूँ। कुछ भी नहीं कह पायी। जब उसने कहा कि मैं भी उससे प्यार करती हूँ।

प्यार क्या होता है? ज़िंदगी में उसका एहसास पहली बार हो रहा था और इस एहसास को मैं आज तक नहीं भूल पायी। उस समय आँखें मेरी बंद हो गयी थी। मैं प्यार के मायाजाल में खो गयी थी और उस मायाजाल में आज भी फँसी हुई हूँ। फ़र्क इतना है कि उस वक्त मैं प्यार के मायाजाल में फँसी रहना चाहती थी और इस वक्त जितना भी कोशिश करती हूँ, फिर भी निकल नहीं पाती हूँ। चाहे इस ज़िंदगी में दर्द के सिवा कुछ भी नहीं रह गया हो।

आँखें मेरी उस समय बंद हो गयी। मैं उसके सामने सिर झुकाये खड़ी थी। उसने धीरे से मेरे माथे को चुमा। उसका वो पहला चुम्मा मेरे प्यार की पहली निशानी थी। आँखों ने फिर से उसे देखना चाहा। उसे देखने में शर्म भी आ रही थी पर देखने को जी भी चाह रहा था। धीरे से अपनी पलकें उठायी और उसे देखा, तो बहुत ही प्यारा नजर आ रहा था वो। होंठों में हल्की-हल्की उसकी मुस्कुराहट देखकर मैं और भी ज्यादा उसकी दीवानी हो रही थी।

तभी उसने मुझे गले से लगा लिया। फिर से मेरी आँखें बंद हो गयी। मैंने उसके कंधे पर सिर रखा। उसने अपने दोनों हाथों से मेरे कमर को पीछे से पकड़ा। मैंने अपना एक हाथ उसके दूसरे कंधे पर रखा। सच कहूँ तो वो दिन मेरे लिए जन्नत जैसा था।

मैं बहुत खुश थी। मेरे दिल को जो खुशी की तलाश थी उस खुशी की अनुभव कर पा रही थी। आज भी वो खुशी के पल जब भी याद करती हूँ, तो आँखों से आँसू निकल आते हैं। जब-जब उन लम्हों के बारे में सोचने लगती हूँ, तो दिल से यही आवाज निकलती है कि मेरे साथ ऐसा क्यों हुआ?

एहसास करीब होने का

"जिक्र उसकी कर रही हो और आँखों से आँसू तुम्हारे निकल रहे हैं।" शिखा की आँखों से आँसू निकलते देख दीप ने कहा।

"यह तो दिल का दर्द है... दीप बाबू। तभी तो देखो आपकी आँखें भी नम हो रहे हैं।" शिखा ने दीप की ओर देखकर कहा।

एक बात कहूँ दीप, उससे तो कभी मिल नहीं पाऊँगी पर फ़रिश्ते ने उसके जैसा आज तुमसे मिला दिया है। तुमसे मिलकर बहुत ही अच्छा लग रहा है और दिल की सारी बातें बताकर दिल के जज़्बात भी हल्के हो रहे हैं। सालों से मेरे दिल में घुटन थी, जो आज कम हो रहे हैं।

"कोमल ने आखिर तुम्हें क्यों छोड़ा और किस लिए छोड़ा? आखिर, तुम दोनों के बीच में क्या हुआ था?" दीप ने शिखा से पूछा।

"उस दिन के बाद शायद तीन-चार दिन साथ मिले थे। उसके बाद उसने प्यार के किस्से ही खत्म कर दिए थे।" शिखा ने जवाब दिया।

"तो ऐसा क्या हुआ, जो उसने तुम्हें छोड़ दिया।" फिर से दीप ने पूछा।

उस दिन उसने प्यार का इज़हार किया था और मैं बहुत खुश थी। मेरी खुशी का कोई ठिकाना नहीं था।

मैं खुश थी, क्योंकि मेरा सिर उसके कंधे के ऊपर था। मैं खुश थी, क्योंकि उसके कंधे के ऊपर मेरा हाथ था। मैं खुश थी, क्योंकि मैं अपने प्यार के बाँहों में थी।

प्यार करने वालों के लिए इससे बड़ी खुशी और कुछ नहीं हो सकती है, जब आपका प्यार साथ में हो।

उसके बाद हम दोनों बेसमेंट से ऊपर आ गये। हम दोनों ही खुश नजर आ रहे थे। उस समय मेरे चेहरे में अलग ही चमक थी। मेरे चेहरे की खुशी देखकर विनीता भी समझ गयी कि आज मेरे प्यार को आगम मिल गया है। मेरी खुशी को देखकर उसे भी खुशी होने लगी।

वह खुश होकर घर से चला गया। उसके जाने के बाद विनीता मुझसे कहने

लगी कि आज तेरे चेहरे की मुस्कुराहट तो बहुत कुछ कह रही है। लगता है आज दो मछली प्यार की तालाब में डूब गये हैं। उसकी बातें सुनकर मैं तो और ज्यादा मुस्कुराने लगी। वह मुझसे ऐसी बातें करके तंग करने लगी और मैं उसकी बातों को सुनकर हँसती रही और मुस्कुराती रही।

मैंने उससे कहा कि, "अपना फ़ोन दे। मुझे उससे बातें करनी है।" तब वह मुझसे कहने लगी कि, "गये हुए उसे 10 मिनट भी नहीं हुए और उससे बात करने के लिए इतनी बेचैनी हो रही है। अब तो लगता है, अपनी सहेली को भूल ही जाएगी।"

"ऐसा कुछ भी नहीं है, मेरी जान। तुझे मैं कैसे भूल सकती हूँ? पर मुझे फ़ोन तो दे। थोड़ी-सी बात करूँगी। तुझे तो पता है, मैं ज्यादा देर तक फ़ोन पर बात नहीं कर पाती हूँ।" मैंने विनीता से कहा।

"कर लो बात, कर लो बात, अब तो बातें होते ही रहेगी।" फ़ोन देते हुए विनीता ने कहा।

विनीता के पास से फ़ोन लेने के बाद उसके पास फ़ोन लगाया। उसने भी तुरंत फ़ोन उठा लिया।

"आप कहाँ तक पहुँच गये?" मैंने पूछा।

"बस, आधे रास्ते तक पहुँच गया हूँ। मैं तुमको ही याद कर रहा था।" उसने जवाब दिया।

"मैं भी आपको याद कर रही थी। मुझे रहा नहीं गया तो मैंने फ़ोन लगा दिया। आपके जाने के बाद अच्छा नहीं लग रहा है।" मैंने कहा।

"अच्छा तो मुझे भी नहीं लग रहा है। ज्यादा देर तुम्हारे घर रुक भी नहीं सकता, वरना थोड़ी देर बाद तुम्हारी बड़ी बहन आ जाएगी।" कोमल ने कहा।

"हाँ, सही कह रहे हो। वैसे भी आने का समय हो गया है।" मैंने कहा।

"आज तुम्हें बुरा नहीं लगा?" कोमल ने पूछा।

"नहीं, आज मैं बहुत खुश हूँ।" मैंने जवाब दिया।

"तुम खुश हो। यह सुनकर मुझे भी अच्छा लगा। ठीक है, फिर बाद में बात करते हैं।" फ़ोन रखने से पहले कोमल ने कहा।

उस दिन के बाद उससे सिर्फ मिलने की बेचैनी रहती थी। दिल कहता था कि कब उससे मिलूँ। आँखें कहती थी कि कब उसको अपने आँखों से देखूँ। उँगलियाँ कहती थी कि कब उसको स्पर्श करूँ। मेरे शरीर के एक-एक अंग उससे मिलने के लिए बेचैन थे और इस बेचैनी का इलाज था सिर्फ वो...

हर पल मेरे सिर पर यही धुन सवार था मिलना है, मिलना है, मिलना है, मिलना है...

विनीता से भी उसके बारे में कहने लगी कि, "उससे मिलना है। मिलने का मन कर रहा है। उसको घर पर बुलाते हैं न।" और विनीता मेरी बातें सुनकर कहती थी कि, "तू क्या पागल हो गयी है? जो उससे मिलने की लत लगाये जा रही है और उससे मिले हुए शायद दो दिन ही हुए होंगे।" अब मैं भला उसे कैसे समझाती कि यह दिल उससे मिलने के लिए कितना बेचैन है।

मैं उससे ज्यादा दिन तक मिले बिना नहीं रह पायी, तो मैंने उसको फ़ोन करके आने को कहा। इस बार भी वो उसी समय पर आया था। इस बार भी उसने आने से पहले मुझे मैन दरवाजे पर खड़े होने के लिए कहा।

हर बार तो वह डरा रहता है कि कोई आस-पास के लोग देख न ले। इस बार मैं भी खुद डरी हुई थी कि उसको घर आते हुए कोई देख न ले। पर किसी ने देखा नहीं और वह घर के अंदर आकर विनीता के रूम में चला गया, क्योंकि मैंने ही उसे वहाँ जाने को कहा था। रूम में आकर वह बेड पर बैठ गया था। लेकिन इस बार वह परेशान-सा नजर आ रहा था। मैंने उससे पूछा था कि, "आप परेशान क्यों लग रहे हो?"

"कुछ नहीं! थोड़ा सिर दर्द हो रहा है और कोई बात नहीं है।" कोमल ने जवाब दिया।

मैंने उसको लेटने के लिए कहा और मैं भी बेड पर बैठ गयी। मैंने उसका सिर अपने गोद में लिया, फिर उसके सिर को दबाने लगी। उसे मेरा सिर दबाना बहुत ही अच्छा लग रहा था।

थोड़ी देर तक मैं उसकी सिर दबाती रही और वो अपनी आँखें बंद करके लेटा था। मुझे उसका सिर दबाना अच्छा लग रहा था। अच्छा लग रहा था कि वह मेरे बहुत ही पास था। मैं उसको महसूस कर पा रही थी। उसने कहा कि,

आज फिर जीने की तमन्ना है...

"अब सिर में दर्द नहीं हो रहा है, रहने दो।" फिर वह उठकर बैठ गया।

उसने अपना हाथ बढ़ाया और कहा कि अपना हाथ दो। मैंने अपना हाथ उसके हाथ के ऊपर रखा और वह मेरा हाथ पकड़कर बैठा रहा। हम दोनों दीवार के सहारे पीठ करके बैठे हुए थे। बातें करते हुए मैंने अपना सिर उसके कंधे पर रख दिया था। बातें करते-करते वह मेरी माँ के बारे में पूछने लगा कि, "मेरी माँ कब गुजर गयी?" तो मैंने उससे कहा कि, "बचपन में ही चली गयी।" तब वह मुझसे कहने लगा कि, "फिर क्या तुमने अपनी माँ की सूरत तक नहीं देखी?"

"नहीं, मेरी माँ मुझको जन्म देते ही मुझे छोड़ के चली गयी।" मैंने जवाब दिया।

फिर वह मुझसे मेरी सौतेली माँ के बारे में पूछने लगा। मैंने कहा कि, "वह मुझसे बिल्कुल भी प्यार नहीं करती है और मैं उस औरत के बारे में ज्यादा बात नहीं करना चाहती हूँ।"

वह थोड़ा दुखी हो गया था कि, "मुझे कभी भी माँ का प्यार नहीं मिला।" वह कहने लगा कि, "मुझे सुनकर अच्छा नहीं लगा कि तुम्हें कभी माँ का प्यार नहीं मिला।" तो मैंने उससे कहा कि, "मुझे मेरी माँ का प्यार तो नहीं मिला पर तुमसे मिलकर ऐसा लगा जैसे माँ का प्यार मिल गया है। तुमसे मिलकर मैं खुश हूँ, मुझे और क्या चाहिए?" यह कहकर मैंने उसके कंधे के ऊपर अपना सिर रख दिया और उसने मुझे अपने बाँहों में भर लिया। थोड़ी देर के लिए मैं अपनी आँखें बंद करके अपने आप में खो गयी।

थोड़ी देर बाद वह मुझसे कहने लगा कि मुझे अब जाना चाहिए। मैं उससे कहने लगी कि, "थोड़ी देर रुक जाओ।" उसने मुझसे दो-तीन बार कह दिया था कि, "मुझे आये हुए बहुत समय हो गया है। मुझे चलना चाहिए।" लेकिन मैंने ही उसे थोड़ी देर, थोड़ी देर कहकर रोक रखा था।

वह जाने के लिए तैयार था। तभी विनीता की मम्मी घर पर आ गयी थी। यह अच्छा था कि उसकी मम्मी मेरे रूम में चली गयी थी। जिसमें हम दोनों रुके थे, उस रूम का दरवाजा लगा हुआ था।

विनीता रूम में आयी और कहने लगी कि, "मम्मी आ गयी है और मेरे रूम में बेड पर लेट गयी है।" फिर कोमल कहने लगा कि मैं कितने देर से कह रहा

था कि, "मुझे अब चलना चाहिए। नहीं तो कोई न कोई आ जाएगा। देखा न विनीता की मम्मी आ गयी।" वह घबरा गया था और कहने लगा कि, "उनको पता चल गया तो क्या होगा?"

"आपको घबराने की ज़रूरत नहीं है। मैं हूँ न, आपको कैसे जाना है? बताती हूँ, जब तक आप दोनों रूम में ही बैठे रहो।" कोमल की तरफ देखते हुए विनीता ने कहा।

विनीता की बातें सुनकर उसके मन में थोड़ी शांति मिली और उसकी घबराहट कम हुई। उसकी घबराहट कम देखकर मेरे मन में भी शांति मिली थी।

फिर वह आईने के सामने खड़ा हो गया और खुद को देखने लगा। उसे देखकर मैंने कहा, "आप अच्छे लग रहे हो।"

"अच्छा! मैं तो ऐसे ही खुद को देख रहा था।" कोमल ने कहा।

उसने मुझे अपने पास आने के लिए कहा, तो मैं उसके पास गयी। वह मेरे पीछे खड़ा हो गया और अपने दोनों हाथों से मेरे कमर को पकड़ा। फिर अपना सिर मेरे कंधे के ऊपर रखा।

वो पल भी मेरे लिए बहुत खास था। आँखें बंद करके मैं उस पल को महसूस कर रही थी। माहौल चाहे जैसा भी था, पर मेरे लिए वो पल बहुत हसीन लग रहे थे। मैं उस पल को महसूस ही कर रही थी, तभी विनीता मुझे पुकारते हुए रूम में आयी और उसने मुझे छोड़ दिया।

विनीता मुझसे कहने लगी कि, "तू अपने रूम में जा और मम्मी के पास बैठ के बातें कर और मैं इन्हें बाहर छोड़ आती हूँ।"

मैं अपने रूम में चली गयी और विनीता बाहर देखने के लिए गयी की कोई बाहर नजर तो नहीं आ रहा है। उसने बाहर जाकर देखा कि कोई भी नहीं है, तो उसने कोमल को जल्दी से बिना आवाज किये जाने को कहा और उसने वैसे ही किया।

जब हम किसी से प्यार करते हैं, तो उस वक्त उसकी यादें भी हमें अच्छी लगती है। वो यादें हमें मीठा-मीठा दर्द देता है और उस मीठे-मीठे दर्द में घुल जाने का मन करता है। मन यही कहता है कि, "अपने प्यार से अगली मुलाकात कब होगी?"

आज फिर जीने की तमन्ना है...

बोलते-बोलते शिखा की आवाज धीमी होनी लगी। वह धीरे से कहती है कि कुछ दिनों के बाद मैंने उसे फिर से मिलने के लिए बुलाया। हर बार की तरह वह उसी समय पर आया था। वह आकार बेड पर बैठा। उस दिन भी बहुत गर्मी थी। उसको बहुत गर्मी लग रही थी। उसके माथे से पसीने निकल रहे थे। मैंने उसके माथे पर पसीना देखा, तो जल्दी से मैं अपने दुपट्टे से पसीना पोंछने लगी। मैं उसके लिए पीने का पानी लेकर आयी और उसने पानी पिया। फिर वह शर्ट की एक-दो बटन खोलकर बेड पर लेट गया।

मैं बेड पर जाकर बैठ गयी और मैंने उससे कहा कि, "अपना सिर मेरे गोद में रख दो।" फिर मैं उसका सिर दबाने लगी। उसको बहुत अच्छा लग रहा था। थोड़ी देर बाद उसने कहा कि, "अब रहने दो, मुझे अच्छा लग रहा है।" फिर वह उठकर बैठ गया।

उसके बाद कोमल विनीता से बातें करने लगा। विनीता के फ़ोन में रिंग बजने लगी, तो वह बात करने के लिए रूम से चली गयी। हम दोनों दीवार के सहारे बैठे रहे। उसने मेरा हाथ पकड़ रखा था।

फिर वो बेड से उठरकर खड़ा हो गया और मुझे भी बेड से उतरने के लिए कहा। उसने अपना हाथ बढ़ाया और मैंने अपना हाथ उसके हाथ के ऊपर रखा। वह मेरी उँगलियों को पकड़कर बेसमेंट की और जाने लगा। मैं भी उसके पीछे चलने लगी।

बेसमेंट में आने के बाद वह दीवार के सहारे खड़ा हो गया और मैं उसके सामने खड़ी हो गयी। वह मुझे देखने लगा और देखते ही देखते मुझे अपने बाँहों में भर लिया। जैसे ही उसने मुझे गले से लगाया, तो मैंने अपनी आँखें बंद कर लिया। फिर मैंने उसके कंधे पर अपना सिर रखा। उसने मुझे जोर से जकड़ लिया। फिर उसने अपने गाल को मेरे गाल से स्पर्श किया। कुछ समय तक मुझे अपने गले से लगाकर खड़ा रहा।

मैं तो चाहती थी कि ऐसे ही मुझे अपने बाँहों में लेकर खड़ा रहे और मैं उसकी बाँहों में गुमनाम हो जाऊँ। मैं तो चाहती थी कि वो मुझे अपने सीने में समा लें और मैं उसके सीने में फ़ना हो जाऊँ। मैं तो चाहती थी कि उसके कंधे पर सिर रखकर मेरी आँखें हमेशा के लिए नम हो जाए।

मेरा मन बिल्कुल शांत हो गया था। उसके बाँहों में मुझे सुकून मिल रही थी। आँखें बंद ही था, चारों तरफ अँधेरा था। उस समय एहसास हो रहा था कि मेरे सपनों का राजकुमार काले कपड़े पहने मेरी तरफ आ रहा है और मैं सफेद कपड़े में बिल्कुल राजकुमारी की तरह लग रही थी। उसने मेरी ओर अपना हाथ बढ़ाया, तो मैंने अपना हाथ उसके हाथ के ऊपर रखा। बहुत ही प्यारी-प्यारी हल्की आवाज में गाना बज रही थी। उसने अपना हाथ मेरे हाथ पर रखा और दूसरा हाथ मेरे कमर पर। हम दोनों धीरे-धीरे डांस कर रहे थे।

अचानक से मेरी आँखें खुली। मुझे अजीब-सा शोर सुनाई दिया तो मैं काँप गयी थी और थोड़ा डर गयी थी। उसने मेरी तरफ देखा और धीरे से कहने लगा कि, "कुछ भी नहीं हुआ है। तुम डर क्यों रही हो? कोई भी नहीं है तुम और मैं।" मैं उसकी तरफ देखती रही और वो भी देखे जा रहा था। धीरे से उसने अपना मुँह मेरी तरफ बढ़ाया। वो मुझे किस करने जा रहा था, तो मैंने अपना मुँह नीचे की तरफ कर लिया। वो मुझे देखने लगा। मैंने अपनी नज़र फिर से उसकी तरफ किया। मुझे देखकर वह आँखों के इशारों से कहने लगा, "क्या हुआ? नहीं करूँ या करूँ। मन नहीं है, तो कोई बात नहीं।" फिर कहने लगा कि, "ठीक है, मुझे अब चलना चाहिए। समय भी हो रहा है। कोई भी आ सकता है।"

मैंने उसका हाथ पकड़ा और गर्दन हिलाकर जाने के लिए मना करने लगी। फिर मैंने अपनी आँखें बंद कर लिया था। धीरे-धीरे वो मेरे करीब आया और उसने अपने होंठों को मेरे होंठों से छुआ। आहिस्ता-आहिस्ता से वो किस कर रहा था। किस करने का एहसास कैसा होता है? वो पल मेरी ज़िंदगी में पहली बार था। किस करने के बाद वो थम गया। फिर वो मुझे देखने लगा। मैंने अपनी आँखें खोली और उसको देखने लगी। हम दोनों ऐसे ही खड़े रहे और एक-दूसरे को देखते रहे।

बाहर से विनीता की आवाज आने लगी, तो मैं बेसमेंट से ऊपर आ गयी और उसे वहीं रुकने के लिए कहा। विनीता मुझसे बोली कि दीदी (ताऊजी की बेटी) आ गयी है, तो मैं उसकी बातें सुनकर डर गयी थी। लेकिन अच्छी बात यह थी कि वह अपने काम से काम रखती थी। बातें तो करती थी पर ज्यादा नहीं, तो वह घर पर आकर सीधा अपने रूम पर चली गयी थी और अपने रूम का

दरवाजा लगा लिया था।

"बाहर क्या हुआ?" बेसमेंट में जाने के बाद कोमल ने पूछा।

"दीदी बच्चों को पढ़ा कर आ गयी है। आप बिल्कुल चुप रहना।" मैंने धीरे से कहा।

मैंने उसे चुप रहने के लिए कह दिया था। रूम के दरवाजे को बिना शोर किये धीरे से खोला। विनीता धीरे से कहने लगी कि बाहर कोई भी नहीं है और दीदी भी रूम में है। दरवाजा लगा हुआ है। उसे जल्दी से शोर किये बिना जाने के लिए कहा। उसके जाने के बाद मेरे जान में जान आयी। अगर दीदी देख लेती तो पूरे घर में हंगामा कर देती।

मैं विनीता की रूम में गयी। दरवाजा बंद किया। फिर जोर से लंबी साँस लिया। मैं बेड पर लेट गयी और फिर आँखें बंद कर लिया। आँखें बंद करके उसके बारे में सोचने लगी कि उसके आने के बाद क्या-क्या हुआ था और अब भी उसके करीब होने का एहसास कर रही थी। फिर मन ही मन मुस्कुरा भी रही थी।

विनीता रूम में आयी और मुझे देखकर कहने लगी, "क्या बात है? बड़े मुस्कुराए जा रही है। आज तो बच गये। अगर दीदी उसको देख लेती, तो बहुत बड़ा बवाल हो जाता।"

"हाँ, आज तो बच गये। पता नहीं क्या होता और मेरे वजह से तुझे भी बहुत कुछ सुनना पड़ता।" मैंने विनीता से कहा।

* * *

शिखा बोलते-बोलते चुप हो जाती है। दीप की उँगलियाँ शिखा की उँगलियों से टच हो जाते है। एक ऐसा एहसास जो शब्दों से वर्णन न हो दोनों के मन में होने लगता है और उस रूम की खामोशी की तरह दोनों के मन में खामोशियाँ छा जाती है। दीप धीरे से गर्दन हिलाकर शिखा की तरफ देखता है और शिखा भी दीप को देखती है। दोनों की नजरों से नज़र मिलती है और शिखा शर्म से अपनी गर्दन नीचे कर लेती है। दीप अपना हाथ दूसरे हाथ के ऊपर रखकर अपनी उँगलियों को देखता है।

"ये मोह मोह के धागे

तेरी उँगलियों से जा उलझे ।"

"यह गाना..." मन में कुछ चलते हुए शिखा ने कहा ।

"हाँ, मेरा फ़ोन बज रहा है । दूसरे रूम में फ़ोन चार्जिंग में लगाया था । किसी का फ़ोन आ रहा है । अभी आता हूँ ।" दीप ने कहा ।

दीप देखने के लिए जाता है कि किसका फ़ोन आ रहा है? 5 मिनट बाद दीप आता है और शिखा से कहता है कि ऑफिस से कलीग राकेश ने किसी काम के सिलसिले से फ़ोन किया था ।

"अच्छा ! वैसे आप करते क्या हो ?" शिखा ने पूछा ।

"मैं कंप्यूटर ऑपरेटिंग का काम करता हूँ । डाटा हैंडल करना पड़ता है ।" दीप ने जवाब दिया ।

"ओ ! अच्छा ।" शिखा ने कहा ।

"हम्मम... फिर आगे क्या ?" दीप ने पूछा ।

कुछ दिनों तक हमारी मुलाकात नहीं हुई थी । लगभग एक महीने के आस-पास क्योंकि उसे स्कूल में टीचिंग की जॉब मिल गयी थी, तो उसको ठीक से समय नहीं मिलता था । वैसे, फ़ोन पर बातें हो जाती थी । कम से कम एक महीने बीस दिन तक उसने स्कूल में पढ़ाया था ।

इसके बाद स्कूल में गर्मी की छुट्टी पड़ गयी थी और साथ ही साथ उसने दूसरा जॉब देख लिया था क्योंकि उसे स्कूल से सैलरी कम मिल रहे थे । उसे एक महीने की सैलरी मिल गयी थी और स्कूल की छुट्टी भी पड़ गयी थी ।

ठीक 12 बज रहे थे । वह स्कूल से घर आ रहा था तो उसने फ़ोन किया और कहने लगा कि, "आज मुझे सैलरी मिल गयी है । तुमको कुछ खाना है तो बताओ, मैं तुम्हारे लिए लेकर आता हूँ ।" और उसने कहा कि, "अब तो स्कूल की छुट्टी पड़ चुकी है और मैंने लाइब्रेरी में दूसरी जॉब देख लिया है ।"

मैंने उसको कुछ भी लाने के लिए मना कर दिया था और कहा था कि, "तुमको पैसों की ज़रूरत आगे किसी और काम में पड़ सकती है, तो तुम ऐसे मेरे चक्कर में फालतू पैसे खर्च मत करो ।"

वैसे, उसने तीन-चार बार पूछा था कि, "बताओ जो कुछ भी खाना हो ।

पैसों का क्या? ये तो खर्च होते रहते हैं।" फिर भी मैंने उसको कुछ भी लाने के लिए मना कर दिया था।

"ठीक है, कुछ भी लेकर नहीं आ रहा हूँ। यह बताओ कि तुम क्या कर रही हो और घर पर कौन-कौन है?" कोमल ने पूछा।

"इस वक्त कुछ भी नहीं कर रही हूँ और विनीता के सिवाए घर पर कोई भी नहीं है।" मैंने जवाब दिया।

"विनीता की मम्मी और तुम्हारी दीदी कहाँ गयी है?" फिर से कोमल ने पूछा।

"विनीता की मम्मी किसी काम से बाहर गयी है और दीदी तो आज कॉलेज गयी है।" मैंने जवाब दिया।

"विनीता की मम्मी घर पर कब आयेगी और तुम्हारी दीदी कॉलेज से कितनी देर बाद आयेगी?" कुछ सोचते हुए कोमल ने पूछा।

उसी समय मैंने विनीता से पूछा कि मम्मी कितने देर में घर आ रही है तो उसने कहा कि, "अभी नहीं आ रही है। मम्मी को घर आने में बहुत समय लग जाएगा।" यही बात फिर मैंने उसको कहा था कि, "उसकी मम्मी को आने में समय लग जाएगा और 2:30 बजे से पहले दीदी घर पर नहीं आने वाली है।

"बहुत दिनों से हम मिले नहीं तो सोच रहा हूँ कि तुम्हारे घर आ जाऊँ। तुम क्या कहती हो? मैं तुम्हारे पास आ जाऊँ।" कोमल ने कहा।

मैं उसको मना नहीं कर पायी। अगर घर पर कोई होता तो मना कर देती। ऐसा तो हो नहीं सकता कि वह मिलने को कहे और मैं उसको मना कर दूँ।

वह मेरी घर की गली तक आ गया था। फिर उसने मेरे पास फ़ोन किया और वही हर बार की तरह मुझसे कहने लगा कि, "दरवाजा खोलकर रखना और एक बार देख लेना कोई बाहर तो नहीं है।" मैंने दरवाजा खोला और देखा कि कोई भी आस-पास नहीं था और उसको भी आते देख लिया था। वह घर के अंदर आया, फिर मैंने दरवाजा बंद कर दिया।

इस बार मैंने उसको अपने रूम में बैठने के लिए कहा, क्योंकि उस दिन विनीता अपनी रूम की साफ-सफाई करने में थोड़ा लेट हो गयी थी। मेरे रूम में

आकर वह अच्छे से देखने लगा और कहने लगा कि, "तुमने अपना रूम अच्छे से सजाकर रखा है। तुम्हारा रूम भी अच्छा लग रहा है।"

दिन के 12 बज गये थे तो उसे भूख तो लगी होगी, यही सोचकर मैंने उससे पूछा, "बताओ तुमको क्या खाना है?" तब वह कहने लगा कि, "यह क्या बात हुई? मैंने तुमसे कहा था कि तुमको कुछ भी खाना हो तो बता दो, मैं खरीदकर ले आता हूँ। लेकिन तुमने तो मना कर दिया और मुझसे पूछ रही हो क्या खाना है?" उसने भी खाने के लिए मना कर दिया था।

मैं उससे दो-तीन बार पूछती रही और वह मुझसे मना करता रहा। मैंने कहा कि, "खा लो थोड़ा-सा वैसे तो 12 बज चुके हैं। शायद, आपको जाने में एक घंटे से ज्यादा समय लग जाएगा।" फिर वह कहने लगा कि, "बना लो अपने मन का जो तुमको अच्छा लगे।" मैंने उसे थोड़ी देर बैठने के लिए कहा। मैं उसके लिए नूडल बना कर लायी थी।

"अरे! वाह नूडल तो मुझे बहुत पसंद है। आखिरकार, तुम मेरी मन-पसंद की चीज बनाकर लायी हो।" कोमल ने नूडल देखकर कहा।

"मैंने तुमसे बोला था न एक दिन तुमको मन-पसंद की चीज बनाकर खिलाऊँगी।" मैंने कहा।

एक बार मैंने फ़ोन पर पूछा था कि तुमको खाने में क्या पसंद है? उसने कहा था कि मुझे नूडल खाना बहुत अच्छा लगता है तो मैंने कहा कि ठीक है किसी दिन मैं आपको नूडल बनाकर खिलाऊँगी, तो मुझे याद आ गया था कि उसको नूडल पसंद है तो मैं बनाकर ले आयी थी।

नूडल देखकर वह कहने लगा कि, "जब तुम ही बनाकर लेकर आयी हो, तो तुम ही अपने हाथ से नूडल खिला दो।" वह आलती-पालती करके बैठ गया। नूडल गरम था, तो मैं फॉर्क में लेकर फू-फू करके उसको खिलाने लगी। जिस तरह से बच्चे हाथ से खाना खाते हैं न, ठीक उसी तरह से वो मेरे हाथ से खा रहा था। खाते हुए वह कहने लगा कि, "तुम भी खाओ।" तो मैंने कहा कि, "आपको पसंद है न तो आप खा लीजिए। मैं अपने लिए किचन में रखकर आयी हूँ।" वह नहीं माना, उसने खाने के लिए कहा तो मैंने एक बार खा लिया था। उसको अपने हाथों से नूडल खिलाना बहुत ही अच्छा लग रहा था।

खाने के बाद उसको अपने हाथ से पानी पिलाया। उस प्लेट और गिलास को ले जाकर वॉश-बेसिन में रखकर आयी। उसको कहने लगी कि, "चलो विनीता की रूम में उसने रूम साफ कर दिया है।"

विनीता के रूम में आकर वो आईने के सामने खड़ा हो गया। मैं भी रूम में आयी और उसके पास गयी। हम दोनों ही आईने में देखने लगे। मैं उसको कहने लगी कि, "आज भी अच्छे लग रहे हो।" आईने में अपनी शक्ल देखकर वो मुस्कुराने लगा और मुझे पीछे से पकड़ लिया। कुछ देर तक वो ऐसे ही पकड़े रहा और मैं आईने में उसे देखती रही।

"क्या हुआ?" कोमल ने पूछा।

"कुछ भी नहीं, तुमसे मिलकर मैं बहुत खुश हूँ कि मुझे इतना प्यार करने वाला तुम जो मिल गये हो।" यह कहकर मैंने उसे गले से लगा लिया और आँखें बंद करके कहने लगी कि, "तुमसे गले लगकर सारे दर्द दूर हो जाते हैं और मन खुश हो जाता है।"

इसके बाद उसने मुझे बेड पर बैठने के लिए कहा और मैं बेड पर दोनों पैर लटका कर बैठ गयी। वो नीचे बैठ गया था और मेरे दोनों हाथों को पकड़ रखा था। धीरे से वह अपना गर्दन ऊपर करने लगा और मैं अपनी गर्दन नीचे करने लगी। हम एक-दूसरे को देख रहे थे। वह थोड़ा ऊपर गर्दन करने लगा और मैं अपनी गर्दन नीचे झुकाने लगी। अब हम दोनों के होंठ एक-दूसरे के होंठों से मिलने लगे थे। हम दोनों ने अपनी-अपनी आँखें बंद कर लिए, फिर धीरे-धीरे किस करने लगे। वह सीधा होकर बैठा और मुझे देखने लगा, मैं भी उसे देखने लगी और देखते ही देखते हम दोनों एक-दूसरे को फिर से किस करने लगे। किस करते वक्त मैंने उसका होंठ धीरे से काट लिया था। किस करने के बाद मैं उससे कहने लगी कि, "आपको लगी तो नहीं।"

"न न न बल्कि अच्छा लग रहा था।" कोमल ने मुस्कुराकर कहा।

वह मुझे देखकर मुस्कुराने लगा और मैं भी गर्दन झुकाकर मुस्कुराने लगी।

उसके बाद कोमल भी मेरे पास बेड पर बैठ गया। थोड़ी देर हम दोनों एक-दूसरे के हाथ पकड़कर बातें करते रहे। वह कहने लगा कि, "अब मुझे चलना चाहिए। आये हुए बहुत समय हो गया है।" मैंने उसे थोड़ी देर रुकने के

लिए कहा, तो वह कहने लगा कि, "थोड़ी देर करते-करते बहुत समय हो जाता है। पहले भी देखा है न दीदी आ गयी थी।" मैं कहने लगी कि, "कोई भी नहीं आयेगा और थोड़ी देर बाद फिर नहीं कहूँगी की थोड़ी देर रुक जाओ पर अभी तो थोड़ी देर रुक जाओ।" वह कहने लगा कि, "ठीक है, थोड़ी देर बाद मत रोकना।"

थोड़ी देर बाद वह जाने के लिए खड़ा हुआ। फिर से वह आईने के सामने खड़े होकर खुद को देखने लगा। मैं भी उसके पास जाकर खड़ी हो गयी। मैंने उसके कंधे के ऊपर हाथ रखा। उसने गर्दन हिलाकर मुझे देखा। मैंने उसे गले से लगा लिया। उसने दोनों हाथों से मुझे पीछे से पकड़ा। फिर मैंने उसके कंधे के ऊपर सिर रखकर आँखें बंद कर लिया। आँखें बंद करने के बाद मैं गाने लगी....

लग जा गले कि फिर ये हसीं रात हो न हो

शायद फिर इस जनम में मुलाकात हो न हो

पता नहीं उसको क्या हुआ? उसकी आँखें नम हो गयी। वह अपने आँखों से आँसू पोंछते हुए कहने लगा कि, "मुझे अब चलना चाहिए।" मैंने उसे रोकना चाहा पर वो रुका नहीं और वो यहाँ से चला गया। उस वक्त उसको देखकर ऐसा लगा जैसे की उसके दिल में भी छिपा है कोई ग़म।

छोड़ने का ग़म

दिन से सप्ताह, सप्ताह से महीना और महीने से साल में परिवर्तन होता है। ठीक उसी प्रकार मेरी ज़िंदगी में सुख से दुख में परिवर्तन वाला महीना आ गया था। यह महीना मैं ज़िंदगी में कभी नहीं भूल पाऊँगी, जिसमें मेरी खुशियाँ चली गयी।

जून के महीने से उसे नये जॉब में जाना था, तो वो एक तारीख से जाने लगा। उसने मेरे पास दोपहर के समय फ़ोन किया। फ़ोन उठाने के बाद वह कहने लगा कि, "अच्छा नहीं लग रहा है और मन तो बिल्कुल भी नहीं लग रहा है।"

"आज आपका पहला दिन है, इसलिए आपको अच्छा नहीं लग रहा है। एक-दो दिन बाद आपको काम करते-करते मन लग जाएगा।" मैंने समझाते हुए कहा।

"वो तो है, आज पहला दिन है इसलिए मन नहीं लग रहा है। लेकिन मुझे गर्मी बहुत लग रही है।" कोमल ने कहा।

"हाँ, आज गर्मी बहुत पड़ रही है।" मैंने कहा।

उसे ड्यूटी पर गये हुए चार-पाँच दिन हो गये थे और इतने ही दिन से मैं उससे मिली नहीं थी, इसलिए उसकी बहुत याद आ रही थी। उसे देखने का बहुत मन कर रहा था। 5 बजने में शायद 10 मिनट रह गये थे, तभी मैंने उसके पास फ़ोन किया।

"क्या कर रहे हो?" फ़ोन उठाने के बाद मैंने पूछा।

"क्या करूँ? यहाँ तो काम ही करना पड़ेगा।" कोमल ने जवाब।

"वो तो मुझे भी पता है पर छुट्टी होने का समय हो गया है, तो आप आने के लिए तैयार नहीं हो रहे हो।" उसकी बात सुनने के बाद मैंने कहा।

"हाँ, 5 मिनट बाद निकल रहा हूँ।" कोमल ने कहा।

"घर कहाँ से होते हुए जाते हो?" मैंने पूछा।

"जहाँ से हर रोज आता-जोता हूँ।" कोमल ने जवाब दिया।

"आपकी याद आ रही है। मैंने आपको चार-पाँच दिन से देखा नहीं, तो आपको देखने का मन कर रहा है। आप मेरे घर की गली से होकर जा सकते हो, जिससे मैं आपको छत से देख भी लूँगी।" मैंने कहा।

"ठीक है, मैं आकर तुम्हारे पास फ़ोन कर दूँगा।" कोमल ने कहा।

उसने मेरे पास फ़ोन करके कह दिया था कि, "मैं आने वाला हूँ। तुम छत पर खड़ी मिलना। मैं रुकूँगा नहीं, तुम्हारे गली से होकर निकल जाऊँगा।" फ़ोन रखते ही मैं तुरंत छत के ऊपर चली गयी थी। वो आया और हमने एक-दूसरे को एक बार देखा। फिर वो चला गया, खड़े होकर थोड़ा रुका भी नहीं था। मैं नीचे आयी और विनीता से फ़ोन लिया। मैंने उसके पास फ़ोन लगाया। फ़ोन उठाने के बाद मैं उससे कहने लगी कि, "आप तो सीधे चले गये। मैं तो आपको अच्छे से देख भी नहीं पायी।"

"मैंने तो कहा था, मैं रुकने वाला नहीं हूँ। मुझे ऐसे रुककर खड़ा रहना बिल्कुल अच्छा नहीं लगता है।" कोमल ने कहा।

"अच्छा, ठीक है पर आप थके-थके से क्यों लग रहे हो?" मैंने पूछा।

"ड्यूटी से आ रहा हूँ, थका-थका तो नजर आऊँगा ही।" कोमल ने जवाब देकर फ़ोन रख दिया।

"दीप... पता है, उसके बाद क्या हुआ? अचानक से उसने मुझसे बातें करना बंद कर दिया।"

"क्यों?" दीप ने पूछा।

थोड़ी देर रुककर शिखा कहती है कि, "उससे मिलने के 10 दिन के आस-पास की बात है, उसने मुझे एक बार भी फ़ोन नहीं किया और मैंने यह सोचकर फ़ोन नहीं किया कि शायद वह काम के चलते व्यस्त होगा, इसलिए उसको समय नहीं मिला होगा।

फिर रात में भी यही सोचकर फ़ोन नहीं किया कि ड्यूटी से आकर थक जाता होगा। वैसे भी उस दिन मैं खुद देख चुकी थी कि काम से आकर थक जाता है। यह सोचकर उस दिन मैंने भी फ़ोन नहीं लगाया।

दूसरे दिन भी उसने फ़ोन नहीं किया, तो मैं खुद उसके पास फ़ोन कर दी

थी। फ़ोन उठाने के बाद मैं उससे पूछने लगी, "आप ठीक तो हो? आपको कुछ हुआ तो नहीं है?"

"मुझको क्या होगा? मैं बिल्कुल ठीक हूँ। काम है और काम ही कर रहा हूँ, इसलिए मैंने फ़ोन नहीं किया।" कोमल ने जवाब दिया।

"जब काम होता है, तो तब भी आप बात कर लेते हो। फिर आप ने कल भी बात नहीं किया और न ही आज।" मैंने कहा।

"काम की जगह काम करूँगा या तुमसे बात और अभी बहुत काम पड़ा है, इसलिए मैं फ़ोन रख रहा हूँ।" कोमल ने यह कहकर फ़ोन रख दिया।

उसने बाद में फ़ोन भी नहीं किया। मैं तो यही नहीं समझ पा रही थी कि वो ऐसा क्यों कर रहा था? ऐसे ही दूसरे दिन भी जब मैंने उसके पास फ़ोन किया, तो उसने फ़ोन ही नहीं उठाया। मैंने फिर से फ़ोन किया, तो वह फ़ोन उठाकर कहने लगा कि, "मैं काम कर रहा हूँ। तुम बार-बार फ़ोन क्यों कर रही हो?"

"मैंने बार-बार फ़ोन कब किया? दूसरी बार फ़ोन किया है और तुम सिर्फ काम ही करते रहोगे। मुझसे बात करने के लिए थोड़ा भी समय नहीं है। क्या मुझसे थोड़ी देर तक बात भी नहीं कर सकते हो?" मैंने पूछा।

"मैं यहाँ काम करने आता हूँ न की बातें और सबसे बड़ी बात मुझे अभी बात करने का मन नहीं है। जब बात करने का मन होगा, तो मैं खुद फ़ोन कर लूँगा। मैं अभी फ़ोन रख रहा हूँ।" कोमल ने कहकर फ़ोन रख दिया।

मैं उसकी इस अजीब हरकत को समझ नहीं पा रही थी। उसके मन में क्या चल रहा था? कुछ भी पता नहीं चल रहा था और न ही मुझे कुछ कह रहा था।"

* * *

दूसरे दिन गाँव से मेरी बहन मोना पापा के साथ आयी थी और शाम को ही वह गाँव जाने वाली थी। मोना मुझसे कहने लगी कि, "मुझे कोमल से बात करा दे। मुझे उनसे बात करनी है। वह बहुत ही अच्छा बात करते हैं।"

"पता नहीं उसको क्या हुआ है? कुछ दिनों से वह अच्छे से बात नहीं कर रहा है। अगर मैं फ़ोन लगाती हूँ, तो मुझे कह देता है कि अभी मैं काम कर रहा हूँ और बात करने का भी मन नहीं है।" मोना की बात सुनकर मैंने कहा।

“तू फ़ोन लगा, वह मुझसे बात ज़रूर करेंगे। थोड़ी देर तो मुझसे बात कर ही सकता है।” मोना ने कहा।

मैंने फ़ोन लगाया, लेकिन उसने फ़ोन नहीं उठाया।

“देखा न उसने फ़ोन नहीं उठाया।” मैंने कहा।

“फिर से एक बार उसके पास फ़ोन लगा, अब उठा लेंगे।” मोना ने फिर से कहा।

मैंने फिर से कोमल के पास फ़ोन लगाया। इस बार उसने फ़ोन उठा लिया था और मैंने फ़ोन मोना के पास दे दिया।

“आपको कुछ हुआ है?” मोना ने पूछा।

“नहीं... और मोना तुम कब आयी हो और कैसी हो?” कोमल ने जवाब देकर विनीता से पूछा।

“आज ही पापा के साथ आयी हूँ और मैं ठीक हूँ। तुम कैसे हो?” मोना ने भी जवाब देकर कोमल से पूछा।

“हाँ, मैं भी ठीक हूँ। इस बार तो तुम बहुत दिन बाद आयी हो, मेले के बाद। शायद आये हुए दो-तीन महीने हो गये हैं।” कोमल ने कहा।

“हाँ, दो-तीन महीने तो हो गये हैं। मुझे कोई यहाँ आने नहीं देता और कोई लेकर भी नहीं आता है। घर का काम करना पड़ता है, इसलिए मम्मी मुझे आने नहीं देती है।” मोना ने कहा।

“ओ! यह बात है। वैसे, तुम्हारे बारे में शिखा से पूछता रहता हूँ। फिर कितने दिन के लिए आयी हो?” कोमल ने पूछा।

“आप कितने दिन के लिए पूछ रहे हो। मैं आज ही पापा के साथ चली जाऊँगी।” मोना ने जवाब दिया।

“अरे! आज आयी हो और आज ही चली जाओगी।” कोमल ने कहा।

“हम्मम...।” मोना ने कहा।

“एक बात पूछनी थी।” मोना ने कहा।

“पूछो।” कोमल ने कहा।

“आपको मन क्यों नहीं लग रहा है? आप दी से बात क्यों नहीं कर रहे हो?” मोना ने पूछा।

“ऐसे ही कुछ दिनों से अच्छा नहीं लग रहा है।” कोमल ने जवाब दिया।

“ओके, यह लो आप दी से बात कर लो।” मोना ने मुझे फ़ोन देते हुए कहा।

कोमल ने मुझसे केवल 5 मिनट बात किया। फिर कहने लगा कि, “ठीक है, मैं काम कर लूँ। बाद में बात करता हूँ।” और उसने फ़ोन रख दिया। फिर 5 बजे पापा घर आये थे और एक घंटे बाद मोना को अपने साथ गाँव ले गये।

उसी रात विनीता और किशन के बीच फ़ोन पर बातें करते-करते लड़ाई हो गयी थी। किशन अपने जीजा जी के साथ बंगलोर गया था। वे दोनों फ़ोन पर छोटी-छोटी बातों पर लड़ाई करते थे। लेकिन उनकी यह लड़ाई कुछ ज्यादा भयंकर हो गयी थी, जिसके करण उनके रिश्तों में बहुत बड़ा असर पड़ा।

दूसरे दिन किशन ने कोमल के पास फ़ोन करके बताया कि विनीता के साथ मेरी लड़ाई हो गयी है। उसने कोमल को सब कुछ बताया कि उन दोनों के बीच में किस बात को लेकर लड़ाई हुई और किशन ने कोमल से कहा कि, “तू भी अब विनीता से बात मत करना।”

“ओके, एक बार उससे फ़ोन करके पूछूँगा कि तुम दोनों ने लड़ाई क्यों की?” कोमल ने कहा।

“तो तू अभी उसके पास फ़ोन लगाकर देख और फिर मुझे फ़ोन करके बता कि वह मेरे बारे में क्या-क्या बोलती है और ज्यादा कुछ बोले तो तू भी उसको अच्छे से सुना देना।” किशन ने कहा।

कोमल ने विनीता के पास फ़ोन लगाया। विनीता फ़ोन उठाकर कहने लगी, “शिखा अभी काम कर रही है। आप बाद में फ़ोन कर लेना।”

“शिखा से नहीं, तुमसे बात करनी है।” कोमल ने कहा।

“तो बोलो क्या बात है?” विनीता ने पूछा।

“तुम्हारे और किशन के बीच में क्या बात हुई है?” कोमल ने भी पूछा।

“उसने तुमसे क्या कहा? आप ही बताओ।” विनीता ने कहा।

कोमल ने विनीता से वो सारी बात बताई जो भी बात किशन से हुई थी

और वो विनीता से कहने लगा कि, "तुम दोनों बिना लड़े रह नहीं सकते हो?"

"मैं हर बार पहले नहीं लड़ती, वो ही लड़ाई शुरू करता है।" कोमल की बात सुनकर विनीता ने कहा।

फिर विनीता कहने लगी कि, "किशन की औकात तो मेरे पैरों की जूती की बराबर है।" औकात की बात सुनकर कोमल ने कहा कि, "लड़ाई तुम्हारी अपनी जगह और औकात की बात न करो तो अच्छा है। मुझसे कोई औकात वाली बात करे, तो बिल्कुल भी अच्छा नहीं लगता है।

जब भी किसी से कुछ बात बिगड़ जाए, तो इंसान अपनी औकात दिखाने लग जाता है। कितने औकात से कह देते हैं न मेरे पास यह है, वह है। एक दिन सब कुछ धरा का धरा रह जाता है, जब इंसान मर जाता है। फिर भी न जाने क्यों इंसान अपनी औकात दिखाता है? अगर तुम्हारे पास कुछ है, तो उसका कदर करना चाहिए। नाकी दूसरों को औकात दिखाना चाहिए।

किशन मेरा मित्र है। अगर तुम उसके औकात की बात कर रही हो, तो उसकी औकात कुछ भी नहीं है और मेरी औकात भी कुछ नहीं है।" कोमल ने कहकर फ़ोन रख दिया।

कोमल ने किशन से फ़ोन करके बताया, तो किशन को भी औकात वाली बात सुनकर अच्छा नहीं लगा। वे दोनों विनीता से नाराज हो गये और अपने-अपने फ़ोन से विनीता का नंबर ब्लॉक कर दिया।

मैं तो यह भी नहीं जानती थी कि, "उसने नंबर ब्लॉक कर दिया है। मैं तो यही सोचकर फ़ोन नहीं कर रही थी कि वह काम कर रहा होगा और जब मन होगा, तो खुद फ़ोन कर लेगा। वैसे भी वह ठीक से बात नहीं कर रहा था।

जब मैंने देखा कि उसने पूरे दिन फ़ोन नहीं किया, तो मन ही मन कहने लगी कि इसको पता नहीं क्यों बात करने का मन नहीं है, तो मैं ही खुद फ़ोन मिला लेती हूँ। करीब-करीब शाम के 6 बज रहे थे। जब मैंने उसको फ़ोन लगाया, तो उसका फ़ोन नहीं लग रहा था।

मैं समझ नहीं पा रही थी कि उसका फ़ोन क्यों नहीं लग रहा था? मैं परेशान हो रही थी। मैं विनीता से कहने लगी कि, "कोमल का फ़ोन क्यों नहीं लग रहा

है?" उसने फ़ोन लगाकर देखा तो फ़ोन नहीं लगा। विनीता कहने लगी कि, "कोमल ने नंबर ब्लॉक कर दिया है।"

"भला, वो ऐसा क्यों करेंगे?" विनीता की बातें सुनकर मैंने कहा।

"मैं नहीं जानती उसने नंबर क्यों ब्लॉक किया? कोमल से मेरी बात दिन में हुई थी, क्योंकि मेरी किशन के साथ जो लड़ाई हुई थी, तो उसी बारे में बात कर रहा था।" विनीता ने कहा।

"तूने उससे क्या कहा?" मैंने पूछा।

"वह तो किशन की तरफदारी कर रहा था, तो मैंने कह दिया कि मुझसे बात करने की उसकी औकात नहीं है। तो कोमल मुझ पर भड़क गया, तो मैंने भी उनको सुना दिया। फ़ोन रखने बाद मैं नहीं जानती कि उसने नंबर कब ब्लॉक किया?" विनीता ने जवाब दिया।

मैंने विनीता से कह दिया था, "तेरी वजह से उसने नंबर ब्लॉक कर दिया है। तूने उसको उल्टा-सीधा कहा, इसलिए वो गुस्सा हो गया है। अब मैं उससे कैसे बात करूँगी? मैं कुछ भी नहीं जानती, मुझे उससे बात करनी है। तूने उसको गुस्सा दिलाया है, तो तू ही नंबर अनब्लॉक करवाएगी। चाहे, तुझे उससे माफ़ी माँगनी पड़े।"

"मैं माफ़ी नहीं माँगने वाली क्योंकि मेरी लड़ाई किशन से हुई है, ना की कोमल से।" मेरी बातें सुनकर विनीता ने कहा।

"लेकिन तूने उसके दोस्त के बारे में गलत-गलत कहा, तुझे माफ़ी तो माँगनी पड़ेगी।" मैंने कहा।

"जब उसके दोस्त ने कल रात गलत-गलत कहा, तब कुछ नहीं।" विनीता ने कहा।

"लेकिन तुझे औकात वाली बात नहीं कहना था। अगर मेरी बात कोमल से नहीं हुई, तो तुझे उसे मनाना पड़ेगा और मैं कुछ नहीं जानती।" मैंने कहा।

"जबकि जब देखी जाएगी पर मैं किसी से माफ़ी माँगने वाली नहीं हूँ।" विनीता ने कहा।

"तुम दोनों बार-बार लड़ते रहते हो और तुम्हारी लड़ाई के चक्कर में हम दोनों

का रिश्ता ख़राब हो रहा है।" मैंने कहा।

"वैसे, उन दोनों के बीच लड़ाई किसलिए हुई थी, क्या तुम जानती थी?" दीप ने पूछा।

"हाँ, अच्छे से जानती थी।" शिखा ने कहा।

"किसलिए लड़ाई हुई थी?" दीप ने पूछा।

किशन का अजय भईया के घर अच्छे से आना-जाना था। किशन और विनीता मेले में मिलने से पहले अच्छे से जानते थे, लेकिन एक-दूसरे से बात नहीं होती थी। जब हम साथ मेले में मिले, तो उन दोनों की अच्छी-खासी बातचीत हो गयी थी। फिर उन दिनों साथ में मंदिर जाना, इससे और भी अच्छे से जान गये थे और किशन ने विनीता से नंबर माँग लिया था, तो उसने अपना नंबर दे दिया था।

उन दिनों हम एक दिन शाम के समय भी मंदिर गये थे। आते समय कोमल और विनीता आगे बातें करते हुए चल रहे थे, तो वह विनीता से पूछने लगा कि, "तुम किशन के बारे में क्या सोचती हो?"

"आप ऐसा क्यों पूछ रहे हो?" विनीता ने पूछा।

"किशन तुमको चाहने लगा है। वह तुम्हें पसंद करता है और मुझे लगता है कि तुम भी उसे चाहने लगी हो।" कोमल ने जवाब दिया।

"आपको ऐसा क्यों लगता है कि मैं उसको चाहने लगी हूँ?" विनीता ने पूछा।

"मुझे तो खुद किशन ने कहा था कि जब भी वह तुम्हारे घर के वहाँ जाता है तो तुम उसे देखती रहती हो, तभी मैंने कहा कि तुम भी उसको चाहती हो।" कोमल ने जवाब दिया।

"मैं तो हर किसी लड़कों को देखती हूँ, इसका मतलब हर किसी को चाहती हूँ।" विनीता ने कहा।

"हर किसी को देख लेने का मतलब यह नहीं कि हर किसी को चाहने लगे। लेकिन तुम यह बताओ कि किशन को चाहती हो या नहीं?" कोमल के कहने के बाद विनीता से पूछा।

"नहीं, बल्कि मैं तो किसी और से प्यार करती हूँ।" विनीता ने जवाब दिया।

आज फिर जीने की तमन्ना है...

“ठीक है, यह तो पता चला कि तुम किशन को नहीं चाहती हो। लेकिन तुम किससे प्यार करती हो, उसका नाम तो बताओ।” दीप ने कहा।

“उसका नाम समीर है। वह ग्वालियर में रहता है और हर साल वह जून के महीने में अजय भईया के यहाँ आता है, क्योंकि उनके घर पर हर साल प्रोग्राम होता है तो वह उसी प्रोग्राम में आता है और इस बार भी आने वाला है। दो साल से हम दोनों एक-दूसरे से प्यार करते हैं और कुछ साल बाद हम दोनों शादी भी करने वाले हैं।” विनीता ने कहा।

“इसका मतलब उन दोनों के बीच प्यार होने वाला था, पर उनके बीच कुछ नहीं हुआ। लेकिन तुम दोनों के बीच प्यार हो गया।” दीप ने कहा।

“हाँ, वे तो अच्छे दोस्त बन गये थे और हम दोनों के बीच प्यार हो गया था।” शिखा ने कहा।

उस रात उन दोनों के बीच में लड़ाई इसी वजह से हुई थी कि विनीता किशन से कहने लगी, “तुम तो मुझ पर फ़िदा थे और मेरे पीछे पड़े थे। तुम तो मेरे प्यार में लट्टू थे।”

तो किशन भी कम नहीं था। वो भी कहने लगा, “मैं पीछे पड़ा था या तुम पीछे पड़ी थी। मैं अजय भईया के घर आता हूँ, तो तुम पागलों की तरह मुझे देखने के लिए छत पर आ जाती हो।”

इसी बात को लेकर उन दोनों के बीच बहुत देर तक लड़ाई चलती रही। एक-दूसरे के ऊपर इल्जाम लगाते रहे कि तू मेरे पीछे पड़ा था ना की मैं।

लड़ते-लड़ते किशन के मुँह से निकल गया कि, “तुम तो समीर से प्यार करती हो और साथ में मुझे भी फ़साना चाहती हो, तभी तो मुझे घूर-घूर कर देखती हो।” यह बात सुनकर विनीता बहुत गुस्सा हो गयी और उसे बहुत बुरा-भला कहने लगी, तो किशन भी उसे बुरा-बुरा कहने लगा और ऐसे ही लड़ते रहे।

दूसरे दिन किशन ने कोमल को सारी बात बताई और कोमल ने विनीता को फ़ोन किया तो उसने औकात वाली बात कर दी, तो वो भी गुस्सा हो गया था।

* * *

दो दिन तक लगातार मैं उसके पास फ़ोन करती रही, मगर उसका फ़ोन

लगता नहीं था। तो मैंने एक-दो बार किशन के पास भी फ़ोन लगाया। पर उसका फ़ोन भी नहीं लग रहा था। दोनों ने फ़ोन नंबर ब्लॉक कर दिया था। उससे मेरी बातें न होने के कारण मैं विनीता से लड़ पड़ी थी। मैं उसके ऊपर बहुत गुस्सा हो गयी थी। उससे अच्छे से बात नहीं कर रही थी।

दो दिन बाद उसने फ़ोन किया था। रात के करीब 12 बज रहे थे। मेरे लिए वो दिन खास था और उसने उस दिन को और भी ज्यादा खास बना दिया था।

उससे पहले विनीता ने शाम के 7 बजे कोमल के पास दूसरे नंबर से फ़ोन किया था, तो उसने फ़ोन उठा लिया था। विनीता उससे कहने लगी, "अगर तुम मेरी वजह से शिखा से बात नहीं कर रहे हो, तो मैं तुमसे माफ़ी माँगती हूँ। प्लीज तुम उससे बात कर लो। तुम्हारे वजह से वह मुझसे ठीक से बात तक नहीं कर रही है।"

"जब मुझे बात करना होगा तो मैं कर लूँगा, पर अभी मुझे बात नहीं करना।" कोमल ने कहा।

"अजय भईया के घर आ जाओ। उनके यहाँ प्रोग्राम हो रहा है। वैसे भी भईया ने आपको आने के लिए कहा था और आपने भी तो बोला था कि मैं इस प्रोग्राम में आऊँगा, तो आप आ रहे हो न।" विनीता ने कहा।

"नहीं आ सकता, मैं इस समय बस में हूँ और जंक्शन जा रहा हूँ। बस में अच्छे से आवाज सुनाई नहीं दे रहा है, तो मैं अब फ़ोन रख रहा हूँ।" कोमल ने कहा।

उसके बाद विनीता ने भी गुस्से में आकार कोमल का नंबर ब्लॉक कर दिया था। नंबर ब्लॉक होने के वजह से उसका फ़ोन नहीं लगा। उसने तीन-चार बार फ़ोन लगाया था। फ़ोन न लगने पर शायद वो भी समझ गया था कि मेरा नंबर ब्लॉक कर दिया है, तो उसने एक मैसेज भेजा।

मन ख़राब होने की वजह से मैं अजय भईया के घर पर जो प्रोग्राम चल रहा था, नहीं गयी थी। मैं घर पर सो रही थी। विनीता ने प्रोग्राम से आकार मुझे बर्थडे विश किया। फिर फ़ोन देकर कहा कि, "कोमल का फ़ोन आया था। मैंने उसका नंबर ब्लॉक कर दिया था, क्योंकि मैंने उसके पास फ़ोन किया था और उनको प्रोग्राम में आने के लिए कहा। मैं उनसे माफ़ी भी माँग चुकी हूँ। फिर भी

आज फिर जीने की तमन्ना है...

उन्होंने आने से मना कर दिया, इसलिए मैंने गुस्से में उसका नंबर ब्लॉक दिया था।

अजय भईया के वहाँ मैंने मैसेज में देखा कि कोमल फ़ोन कर आ रहा है। दो-तीन बार फ़ोन किया था। फिर विनीता ने कहा कि उसका नंबर अनब्लॉक करके बात कर ले।" वह फ़ोन देकर फिर से प्रोग्राम में चली गयी थी।

जब मैंने उसका नंबर अनब्लॉक किया, तो फ़ोन में उसका मैसेज आया। मैंने उस मैसेज को पढ़ा- 'हैप्पी बर्थडे! मुझे बर्थडे विश करना था, इसलिए मैं फ़ोन कर रहा था। हमारे बीच जो भी था और जो भी हुआ उसके लिए सॉरी। मेरे लिए ये रिश्ता निभाना मुश्किल है। मैं अब ये रिश्ता नहीं निभा सकता हूँ। सब कुछ भुलाकर ज़िंदगी की नई शुरूआत करना और मेरे वजह से जन्मदिन ख़राब मत करना।'

फिर मैंने उसके पास फ़ोन किया, तो फ़ोन उठाने के बाद उसने कहा, "जन्मदिन की हार्दिक शुभकामना! तुम्हारा जन्मदिन बहुत ही अच्छा जाए।"

"किस बात की जन्मदिन की शुभकामना?" जब मैंने पूछा, तो उसने जवाब दिया कि 18 जून को तुम्हारा जन्मदिन है, इसलिए मैं जन्मदिन की शुभकामना देने के लिए बहुत देर से फ़ोन कर रहा था तो तुम्हारा जन्मदिन खुशी-खुशी जाए।

"जन्मदिन की कैसी खुशी और तुमने कैसा मैसेज भेजा है?" मैंने पूछा।

"जब तुमने मैसेज पढ़ लिया है, तो तुम समझ चुकी हो कि उसमें क्या लिखा है।" कोमल ने जवाब दिया।

"तो तुमने ऐसा क्यों लिखा है?" मैंने फिर पूछा।

"जो सच है, वही लिखा है।" कोमल ने जवाब दिया।

"तो तुमने अभी फ़ोन क्यों किया है?" दुबारा मैंने पूछा।

"मुझे केवल बर्थडे विश करना था और मेरे वजह से जन्मदिन ख़राब न जाए।" कोमल ने जवाब दिया।

"जन्मदिन तो तुमने अच्छे से बना दिया, तो अब कैसी जन्मदिन?" मैंने कहा।

"मैंने कुछ भी नहीं किया। बस, जन्मदिन अच्छे से बनाना।" कोमल ने कहा।

गुस्से में मैंने कोमल से कहा कि, "क्या जन्मदिन-जन्मदिन करके रखा है? जन्मदिन ख़राब करके कहते हो, जन्मदिन अच्छे से बनाना।" तो तुरंत कोमल ने कहा, "सुनो, मैंने कुछ भी ख़राब नहीं किया है। मुझे खुद अच्छा नहीं लग रहा है कि ये रिश्ता ऐसे समय पर ख़राब हो रहा है। मैं अपने आपको बहुत बुरा महसूस कर रहा हूँ, इसलिए मैंने सोचा कि एक बार जन्मदिन की शुभकामना तो दे सकता हूँ। तो मेरे वजह से अपना जन्मदिन ख़राब मत करना।"

"सब कुछ तो ख़राब हो गया है, तो कैसे करके जन्मदिन अच्छे से मनाऊँ? कितना कुछ सोचकर रखा था। अब कैसे करके मनाऊँ?" उसकी बात सुनकर मैंने कहा।

"हर साल क्या तुम मेरे साथ जन्मदिन मनाती हो? तो इस साल भी पिछले साल की तरह सोच लो। समझो कि मैं तुम्हारे ज़िंदगी में आया ही नहीं था और जन्मदिन किसी के लिए ख़राब नहीं करते हैं।" कोमल ने कहा।

"लेकिन इस साल तो तुम मेरे साथ थे तो कैसे मान लूँ, तुम नहीं थे। सच हमेशा सच ही रहता है। सच को नजर-अंदाज कर देने से सच बदल नहीं जाता है। अगर तुम मेरी ज़िंदगी में न आते तो भी मेरा जन्मदिन ऐसा ही जाता, ख़राब।" मैंने कहा।

"मुझे नहीं पता कि हर साल तुम्हारा जन्मदिन कैसा जाता है। बस, मेरे वजह से तुम्हारा जन्मदिन ख़राब नहीं जाना चाहिए। अभी मेरे फ़ोन पर किसी का फ़ोन आ रहा है तो मुझे उनसे जरूरी बात करना है, इसलिए अब तुम्हारा फ़ोन रख रहा हूँ।" कोमल ने कहा।

"रात के 12 बज चुके हैं। इस वक्त तुम्हारे फ़ोन में किसका फ़ोन आ रहा है?" मैंने पूछा।

"इस वक्त मैं बस से अलीगढ़ जंक्शन जा रहा हूँ। मैंने विनीता को बताया था।" कोमल ने जवाब दिया।

"मुझे तुमने बताया नहीं। क्या करने जा रहे हो?" फिर से मैंने पूछा।

"किसी को लेने, उन्हीं का फ़ोन आ रहा है।" कोमल ने जवाब दिया।

"मुझे तुमसे बात करनी है।" मैंने कहा।

“अब बात करने के लिए कुछ भी नहीं रहा।” कोमल ने कहा।

“तुम ऐसा मत कहो, मुझे तुमसे बात करनी है।” मैंने कहा।

“अब मैं फ़ोन रख रहा हूँ और जंक्शन भी पहुँचने वाला हूँ।” कहकर उसने फ़ोन रख दिया था। 10 मिनट तक मैं उसके फ़ोन का इंतजार करती रही कि वो फ़ोन करेगा। लेकिन उसने फ़ोन नहीं किया, तो मैंने ही फ़ोन कर लिया था। फ़ोन उठाने के बाद मैंने कहा कि, “मैंने तुमसे फ़ोन करने के लिए कहा था, तो तुमने फ़ोन क्यों नहीं किया?” उसने कहा कि, “मैंने तो तुमसे कहा था कि मैं फ़ोन नहीं करूँगा और मैंने कहा था कि आख़िरी बार, जन्मदिन की शुभकामना देने के लिए फ़ोन कर रहा हूँ।”

उसकी बातें सुनकर मैं कहने लगी कि, “ऐसा क्यों कह रहे हो कि आख़िरी बार फ़ोन किया है। तो कोमल ने कहा कि अब इस रिश्ते में कुछ नहीं रहा, सब कुछ खत्म हो गया है।”

मैं उसे समझाते हुए कहने लगी कि, “तुम ऐसा कैसे बोल सकते हो कि सब कुछ खत्म हो गया है। सब कुछ तो ठीक है।” तो कोमल ने कहा कि, “कुछ भी ठीक नहीं है। मेरे लिए ये रिश्ता निभाना मुश्किल है।”

“मुझे बताओ, तुमको किस बात की परेशानी है। तुम ये सब किशन के कहने पर कर रहे हो न।” मैंने कहा।

पता है, कोमल ने क्या कहा? मेरे भईया को हमारे बारे में पता चल गया है। वह गुस्सा कर रहा है। वह घर पर बता देगा, तो मैं बिल्कुल भी बात नहीं कर सकता हूँ।

“तुम मुझसे झूठ बोल रहे हो। मुझे पता है, तुम किशन के कहने से ऐसा कर रहे हो।” मैंने कहा।

“उसको बीच में क्यों ले रही हो? वह भला मना क्यों करेगा?” कोमल ने कहा

“क्योंकि उसकी और विनीता की लड़ाई हुई थी, इसलिए तुम ऐसा कर रहे हो।” मैंने कहा।

“उस दिन की लड़ाई उसी दिन खत्म हो गयी। उस लड़ाई से कोई मतलब

नहीं है।" कोमल ने कहा।

"तो ये रिश्ता क्यों खत्म कर रहे हो?" मैंने पूछा।

फिर से उसने वही जवाब दिया कि, "मेरे भईया को पता चल गया है कि मैं रात भर फ़ोन पर बात करता हूँ। वह मुझ पर चिल्ला रहा है और बात करने के लिए मना कर दिया है।" तो उसकी बातें सुनकर मैंने कहा कि, "हम दोनों रातभर फ़ोन पर बातें तो करते नहीं है।"

"बातें तो करते हैं न तो भईया ने देख लिया है और मुझ पर गुस्सा कर रहा है। और बात करने के लिए मना कर दिया है।" कोमल ने कहा।

"तो हम दोनों रात में बातें नहीं किया करेंगे। हम दोनों दिन में बातें कर लिया करेंगे। पर आप ये रिश्ता ऐसे खत्म मत करो।" मैंने कहा।

"नहीं, मेरे भईया ने बात करने के लिए बिल्कुल मना कर दिया है।" कोमल ने कहा।

"तो आप अपने भईया से कह दो न, मैं उससे प्यार करता हूँ। मैं उससे बातें किये बिना नहीं रह सकता हूँ।" मैंने कहा।

"तुम क्या पागल हो? अगर ऐसा कहा तो भईया दो थप्पड़ मार के कहेगा, तुझे पढ़ाई करने का समय मिलता नहीं और प्यार करने चला है। घरवालों से भी पिटवा देगा।" कोमल ने कहा।

"हम दो दिन छोड़कर थोड़ी देर बात कर लिया करेंगे, लेकिन तुम ये रिश्ता खत्म मत करो।" मैंने कहा।

"मुझे माफ़ करना, मैं तुमसे प्यार नहीं कर सकता हूँ। मुझे तुम भूल जाओ।" कोमल ने कहा।

"मैं तुमसे प्यार करती हूँ, तो कैसे तुमको भूल सकती हूँ।" मैंने कहा।

"लेकिन मैं तुमसे प्यार नहीं कर सकता।" कोमल ने कहा।

"मुझे पता है, तुम झूठ बोल रहे हो कि तुम्हारे भईया को पता चल गया है। तुम्हारे भईया को कुछ भी पता नहीं चला है। तुम सिर्फ बहाना बना रहे हो और तुम्हारे भईया को इतने दिन से पता नहीं चला। अब तुम कह रहे हो कि भईया को पता चल गया है। तुम झूठ बोल रहे हो।" मैंने कहा।

तब कोमल ने कहा कि तुमको झूठ लग रहा है न। ठीक है, मैं झूठ बोल रहा हूँ। तुमको झूठ ही लगेगा तो झूठ ही सही। हाँ, मैं झूठ बोल रहा हूँ। अब मुझे तुमसे कोई भी बात नहीं करनी है। तुम फ़ोन रखो।

"तुम फ़ोन नहीं रखोगे। मुझसे बातें करो, समझे।" मैंने कहा।

"मैं फ़ोन रख रहा हूँ। मुझे अब कोई बात नहीं करना है।" कोमल ने कहा।

उसके फ़ोन रखते ही मैंने तुरंत फ़ोन लगाया। उसने फ़ोन की घंटी जाते ही तुरंत फ़ोन काट दिया। उस समय मैं ही पागल हो गयी थी कि मैंने उसको तुरंत फिर से फ़ोन लगा दिया था। इस बार उसने फ़ोन उठा लिया था।

"तुम्हें समझ में नहीं आता कि मुझे तुमसे बात नहीं करनी है।" कोमल ने गुस्से में कहा।

"पर मुझे तुमसे बात करनी है, तुम फ़ोन नहीं रख सकते।" मैंने कहा।

"तुमको क्या बात करनी है। जब मैं कह रहा हूँ कि सब कुछ खत्म हो गया है, तो तुमको समझ में नहीं आता।" कोमल ने कहा।

"तुम्हारे कहने से क्या सब खत्म हो जाएगा, तुम अच्छा नहीं कर रहे हो। वरना...।" मैंने थोड़ा गुस्से में कहा।

"वरना क्या?" कोमल ने पूछा।

"तुम ये रिश्ता खत्म नहीं कर सकते। वरना... मैं मर जाऊँगी। अपनी हाथ की नस काट लूँगी। देख लेना तुम्हारे लिए बिल्कुल भी अच्छा नहीं होगा।" मैंने गुस्से में कहा।

"शिखा... तुमने बहुत बड़ी बात कह दी। तुम अच्छे से जानती हो कि तुम कितना गलत कह रही हो। मुझे ऐसी बातें और हरकते बिल्कुल भी अच्छा नहीं लगता है। तुम्हारी यह बात सुनकर मुझे बहुत बुरा लग रहा है। तुमने इतनी बड़ी बात कह कैसे दी? दो इंसान के बीच प्यार हो सकता है। उनके बीच लड़ाई भी हो सकती है और अलग भी हो सकते हैं। लेकिन खुद की जान लेने की धमकी दे, इस तरह की हरकते बिल्कुल ही गलत है। अब तो ये रिश्ता रखने की कभी सोच भी नहीं सकता हूँ।"

दीप... पता है, उस समय मैं भूल गयी थी कि उसको ऐसी बातें बिल्कुल

भी पसंद नहीं थी। लेकिन मैं उस समय उसके लिए बहुत परेशान थी। मेरे दिल में यही डर था कि वह मुझे छोड़ न दे। उसको भूल जाना मेरे लिए कभी-भी आसान नहीं होगा। उसके छोड़ के जाने के डर से मैंने उसके दिल को घाव दिया।

उसने मुझे एक बार कहा था कि इस तरह की बातें करना उसे पसंद नहीं है। उसका मानना था कि अगर प्यार का साथ छूट जाए, तो एक-दूसरे से अलग होकर कोई एक अपनी जान ले तो वो बेवकूफ़ है। क्योंकि वो किसी एक शख्स के लिए अपने घर वालों को भूल जाता है। अपने माँ-बाप को भूल जाते हैं, जो अपने बच्चों से प्यार करते हैं और वो शख्स प्यार के चक्कर में अपनी जान दे, वो बेवकूफ़ नहीं तो क्या कहलाएगा?

उसको मेरी बातें बहुत बुरी लग गयी थी। उसने मुझसे यह भी कहा था कि हो सकता है हमारा रिश्ता ज़िंदगी भर न चले। शायद हमारी शादी न हो। हो सकता है घरवालों को ये रिश्ता पसंद न आये, तो कभी इस तरह की बातें नहीं की जाएगी। और मैंने उससे वैसी ही बात कर दी थी। लेकिन मैं भी उस समय क्या करती? उसे खुद से दूर जाने नहीं देना चाहती थी। अगर उसकी शादी कहीं और हो जाती, तो मैं मान भी लेती कि उसके घरवालों ने पसंद नहीं किया। परंतु उस समय इस तरह से रिश्ता खत्म करना, मेरे दिल में बहुत दर्द हो रहा था।

प्यार इंसान से ऐसे-ऐसे काम करा देता है, जिनकी कभी कल्पना भी न की हो।

फिर मैंने अपने प्यार को खुद से दूर न जाने के डर से ऐसे शब्द कहे थे, जो शब्द कभी भी उसको पसंद नहीं थे। जब मैं उससे फ़ोन पर बातें कर रही थी, तो मुझे एहसास हुआ कि मैंने उसे गलत शब्द कह दिए हैं। मैं उससे कहने लगी, "मुझे माफ़ कर दो। मुझे तुमसे ऐसा नहीं कहना चाहिए था। छोड़ने के डर से मैंने जल्दबाजी में ऐसा कह दिया।"

"तुमने मुझसे बहुत बड़ी बात कही है। फिर भी मैंने तुमको जाओ माफ़ किया।" मेरी बातें सुनकर कोमल ने कहा।

"तुम मुझसे बात करना नहीं छोड़ोगे न। मैं तुमसे बहुत प्यार करती हूँ।" मैंने कहा।

"मैं अब तुमसे प्यार नहीं कर सकता हूँ। ये जो बातें हो रही है न, हमारी

आख़िरी बार हो रही है।" कोमल ने कहा।

"तुम अचानक से ये सब कुछ खत्म क्यों कर रहे हो?" मैंने पूछा।

"कुछ चीजें अचानक ही होती है।" कोमल ने कहा।

"लेकिन ये सब इतना जल्दी क्यों खत्म कर रहे हो?" मैंने फिर से पूछा।

"शायद एक न एक दिन ये रिश्ता खत्म हो ही जाता, तो फिर किस बात की जल्दी।" कोमल ने जवाब दिया।

"पर इतना जल्दी खत्म नहीं होना चाहिए था।" मैंने कहा।

"ये रिश्ता अगर लंबे समय तक चलता तो और भी ज्यादा तकलीफ़ होती, तो यह हमारे लिए अच्छा है कि ये रिश्ता जल्दी खत्म हो रहा है।" कोमल ने कहा।

"तकलीफ़ तो मुझे अब भी हो रही है। मेरे दिल में क्या बीत रही है? तुम नहीं समझ सकते।" मैंने कहा।

"मैं तुम्हारी तकलीफ़ समझ सकता हूँ पर मेरे लिए ये रिश्ता निभाना बहुत मुश्किल है। इसलिए मुझे माफ़ करना, मैं अब बात नहीं कर सकता हूँ। और मेरे फ़ोन में चार्ज नहीं है। रात के 4 बज चुके हैं, तो तुम्हें अब सो जाना चाहिए।" कोमल ने कहा।

"नींद मेरी आँखों से उड़ गयी है और तुम मुझे छोड़ रहे हो, तो मैं कैसे करके सो सकती हूँ?" मैंने कहा।

कोमल समझाने लगा कि मेरे फ़ोन में बिल्कुल भी चार्ज नहीं है, तो फ़ोन थोड़ी देर में बंद हो जाएगा। तब मैंने कोमल से कहा कि, "जब तक फ़ोन में चार्ज है, तब तक तुम मुझसे बातें करते रहो।"

"ज्यादा देर तक बात नहीं हो पाएगी।" कोमल ने कहा।

"जब तक फ़ोन में चार्ज है, तब तक बात कर लो और नंबर अनब्लॉक कर दो।" मैंने कहा।

"अनब्लॉक करके क्या होगा? जब बात ही नहीं होगी।" कोमल ने कहा।

"मेरे लिए प्लीज नंबर अनब्लॉक कर दो।" मैंने कहा।

"ठीक है, कर दूँगा नंबर अनब्लॉक।" कोमल ने कहा।

“नहीं, पहले तुम अनब्लॉक कर दो। वरना, तुम्हारा फ़ोन बंद हो जाएगा।” मैंने कहा।

“ठीक है, कर रहा हूँ अनब्लॉक। लो कर दिया मैंने अनब्लॉक। अब तो ठीक है।” कोमल ने कहा।

“ठीक है।” मैंने कहा।

उस समय उसने मेरे कहने से नंबर अनब्लॉक कर दिया था। यह जानकार मेरे मन को बहुत राहत मिली थी, तो मैं यह सोचकर खुश होकर सो गयी थी कि सुबह उससे बातें होगी। मुझे यह लग रहा था कि कल सब कुछ ठीक हो जाएगा। मुझे ऐसा लग रहा था कि जो भी बात हुई, वो सब एक बुरा सपना है। पर सच में यह सच था और मैं सच को भी सपना समझकर रात में सो गयी थी। मैं यही सोच रही थी कि कल सब कुछ ठीक कर दूँगी और उससे मिलकर सब कुछ पहले जैसा हो जाएगा।

सुबह होते ही मैंने कोमल के पास फ़ोन किया और उसने फ़ोन उठाया भी था। मैंने कोमल से कहा, “चलो, सुबह-सुबह हम एक साथ घूमने चलते हैं।”

“मेरे पास समय नहीं है, ड्यूटी जाना है।” कोमल ने कहा।

“क्या आज ड्यूटी पर जाना जरूरी है? वैसे भी तुम कल पूरी रात जंक्शन में थे, तो अच्छे से सोए भी नहीं हो। आज ड्यूटी पर मत जाओ।” मैंने कहा।

“अरे! ड्यूटी जाना पड़ेगा। वैसे भी वहाँ से फ़ोन आया था, जल्दी आने के लिए कह रहे हैं।”

“सुबह-सुबह कहीं चलते हैं। फिर वहीं से ड्यूटी पर चले जाना।” मैंने कहा।

“न न मैं अभी तक नहाया नहीं हूँ। मैं नहीं जा सकता हूँ।” कोमल ने कहा।

“तुम एक बार मिल लो। मैं मिलकर सब कुछ ठीक कर दूँगी।” मैंने कहा।

“न तो मैं मिल रहा हूँ और न ही अब कुछ ठीक होने वाला है।” कोमल ने कहा।

“तुम एक बार सिर्फ मिल लो। मैं सब कुछ सही कर दूँगी।” दुबारा मैंने कहा।

“न तो मैं मिल रहा हूँ और न ही अब कुछ ठीक होने वाला है। मुझे ड्यूटी पर जाने के लिए देरी हो रही है। मैं फ़ोन रख रहा हूँ।” कोमल ने कहा।

फ़ोन रखने के बाद उसने तभी फिर से नंबर ब्लॉक कर दिया था। मैंने दिन में भी फ़ोन किया था। पर उसका फ़ोन नहीं लग रहा था, तो मैं समझ गयी थी कि उसने नंबर ब्लॉक कर दिया है।

प्यार के ख़ातिर

मेरी ज़िंदगी में खुशियों का सफ़र उसके आने से शुरू हुई थी और उसके जाने के साथ मेरी ज़िंदगी से खुशियाँ भी चली गयी। मेरी ज़िंदगी में खुशियों का सफ़र छोटा था, पर इतना छोटा था कि आज तक मैं खुशियाँ ढूँढती रहती हूँ। लेकिन आज तक मुझे खुशियाँ नहीं मिली है।

मेरी ज़िंदगी में जो भी ग़म मिले हैं, उसके लिए वह कभी भी कसूर बार नहीं है। वह तो मेरी ज़िंदगी में खुशियाँ लेकर आया था। वह मेरे ज़िंदगी में आया था, यह बताने के लिए कि मैं भी मुस्कुरा सकती हूँ। मैं भूल गयी थी कि मुस्कुराना किसे कहते हैं? उसने मुझे उस समय मुस्कुराना सिखाया था। और आज मैं फिर से मुस्कुराना भूल गयी हूँ। मेरी ज़िंदगी का सफ़र ही कुछ इस प्रकार है कि मुस्कुराऊँ तो कैसे? पता ही नहीं चलता मुझे। आज भी उसे मैं बहुत याद करती हूँ।

"उसके बाद क्या कोमल से तुम्हारी मुलाकात कभी नहीं हुई?" दीप ने पूछा।

"उसके बाद भी हमारी मुलाकात हुई थी और बात हुई थी।" शिखा ने जवाब दिया।

"अच्छा! पर कैसे?" दीप ने फिर पूछा।

"उससे मेरी मुलाकात एक बार नहीं बहुत बार हुई थी।" शिखा ने जवाब दिया।

"पर किस तरह से, तुम तो कह रही हो कि वो हमारी आख़िरी मुलाकात थी।" दीप ने कहा।

हाँ, वो हमारी आख़िरी मुलाकात थी। मैं वो आख़िरी मुलाकात इसलिए कह रही हूँ, क्योंकि वो प्यार की आख़िरी मुलाकात थी। उसके बाद जब भी हम मिले थे, तब प्यार तो था ही नहीं। उसके बाद जब भी वह मिला था, तो उसके लिए प्यार के मायने ही नहीं था। उसके बाद जो भी मुलाकात हुई तो कभी-भी उसने मुझे प्यार की नजर से देखा ही नहीं।

आज फिर जीने की तमन्ना है...

"तो फिर मुलाकात हुई तो कैसे? मैं तो जानने के लिए बहुत उत्सुक हो रहा हूँ।" दीप ने कहा।

उस समय उसे भूल पाना बहुत मुश्किल था। मुश्किल था, उससे बिना बातें किये रहना। और मुश्किल था, बिना जाने की उसने मुझे क्यों छोड़ा? जब तक न जान लेती मेरे लिए उसे भूल जाना मुश्किल था।

"तो फिर उसने बताया तुमको क्यों छोड़ा था?" दीप ने पूछा।

"हाँ, उसने बताया था।" शिखा ने जवाब दिया।

"क्या बताया था?" दीप ने फिर से पूछा।

"अधूरी मोहब्बत..." शिखा ने जवाब दिया।

"क्या? मैं कुछ भी समझा नहीं।" दीप ने कहा।

उस दिन सुबह कोमल से बातें करने के बाद उसने नंबर ब्लॉक कर दिया था। मैंने उसके पास दिन के 12 बजे के आस-पास फ़ोन किया था, तो नंबर फिर से ब्लॉक पायी। मैं बहुत दुखी हो गयी थी। मैं रोने लग गयी थी। मैं रोते-रोते सो गयी थी। दिन भर मैं कुछ भी नहीं खायी।

शाम के समय सोकर उठने के बाद मेरे आँखों से अपने आप आँसू निकलने लगे थे। मैं अपनी आँखों से आँसू निकलने से रोक नहीं पा रही थी।

रात में विनीता मेरे लिए खाना लेकर आयी थी। वह जानती थी कि मैंने दिन भर में कुछ भी नहीं खाया है। उसने मुझे खाने के लिए कहा, तो मैंने उसको कहा कि, "मुझे भूख नहीं है। मुझे नहीं खाना है।" वह मुझे अपने हाथ से खिलाने लगी। मैंने सिर्फ दो बार ही उसके हाथ से खाया। फिर मैंने उसको यह कहकर मना कर दिया कि मुझे भूख नहीं है। वह मुझे दुबारा खिलाने लगी पर मैंने नहीं खाया।

तीन-चार दिन तक ऐसे ही चलता रहा। खाना-पीना न खाने जैसा था। बस, दिन भर रोती रहती थी और यह सोचकर उसके पास फ़ोन करती थी कि एक बार तो वह फ़ोन कर लेगा। न जाने मैंने कितने सारे नये नंबर से उसके पास फ़ोन किये थे। बुआ की लड़की लक्ष्मी दीदी घर आयी हुई थी, तो उससे भी फ़ोन करवाती थी। उसने फ़ोन उठाया भी था, लेकिन वह समझ गया था कि मैंने ही फ़ोन करवाया है तो उसने लक्ष्मी दीदी का नंबर भी ब्लॉक कर दिया था।

जब भी किसी नये नंबर से फ़ोन करती थी, तो वह फ़ोन नहीं उठाता था। वह समझ जाता था कि मैं ही फ़ोन कर रही हूँ। मैं हर बार यही सोचकर फ़ोन करती थी कि एक बार तो फ़ोन उठायेगा। मैं चाहती थी कि कैसे भी करके एक बार सिर्फ उससे बात हो जाए।

मैंने अपना खुद का नया फ़ोन खरीदा था। वह जानता था कि मैं नया फ़ोन खरीदने वाली हूँ। मैं अपना फ़ोन भी उसके लिए ही खरीद रही थी, क्योंकि विनीता अपना फ़ोन हर वक्त अपने पास रखती थी और विनीता भी समीर से बातें किया करती थी, तो अच्छा नहीं लगता था।

जब नया फ़ोन लिया था तो मैंने उसके पास फ़ोन नहीं किया था, क्योंकि मैं समझ गयी थी कि उसे मुझसे प्यार नहीं है। लेकिन मैंने अपने फ़ोन नंबर से एक मैसेज ज़रूर भेजा था।

"कोमल... मैंने नया फ़ोन खरीद लिया है। तुम तो अच्छे से जानते हो कि मैं फ़ोन तुमसे बातें करने के लिए खरीदना चाहती थी। अब यह फ़ोन मेरे लिए कोई भी काम का नहीं है। हो सके तो एक बार इस नये नंबर पर बात कर लेना ताकी मुझे यह एहसास तो रहेगी की इस फ़ोन से मेरी तुमसे बातें होती थी।"

कुछ समय बाद कोमल का मैसेज आया, "यह तो अच्छी बात है कि तुम्हारे पास अब अपना खुद का फ़ोन है। फ़ोन खरीदकर बहुत अच्छा किया और यह जरूरी नहीं कि मुझसे बातें नहीं होगी, तो तुम्हारे लिए फ़ोन किसी काम का नहीं। देखना यह फ़ोन आगे जाकर बहुत काम में आयेगा।"

दूसरे दिन की बात है। उस दिन संडे था। दिन के 2 बज रहे थे। उसने मेरे पास फ़ोन किया, तो मैंने फ़ोन उठाया। उस समय उसका फ्रेंड किशन और रचना भी कांफ्रेंस में थे।

कुछ देर तक इधर-उधर की बातें करने के बाद वह समझा रही थी कि, "जो भी हुआ है, तुम लोगों के साथ उसे भूल जाना चाहिए। जब प्यार न हो, तो उस रिश्ते में जोर-जबरदस्ती नहीं करनी चाहिए। सब कुछ भूलकर एक-दूसरे से दोस्त की तरह बातें करो। ऐसे पूरी तरह से बातें करना मत छोड़ो। जो भी गीले-शिकवे है, सब भूल जाओ और एक-दूसरे से दोस्ती करो।"

मैंने भी उनसे यही कहा कि, "मैं भी अच्छे से जान गयी हूँ कि अब कुछ

आज फिर जीने की तमन्ना है...

भी पहले जैसा ठीक नहीं हो सकता है। मैं भी यही चाहती हूँ कि पूरी तरह से बातें बंद न करके कभी-कभी कोमल मुझसे बातें कर लिया करे। अब प्यार नहीं है, तो एक दोस्त की तरह कभी-कभी फ़ोन पर बातें तो कर ही सकता है।”

फिर वह कहने लगी कि, “कोमल भी एक दोस्त की तरह बात करना चाहता है। तुम दोनों एक अच्छे दोस्त बनो और एक-दूसरे से अच्छे से बातें करो।”

उन्होंने मुझे बहुत अच्छे से समझाया। फिर कहा कि, “अब तुम दोनों अच्छे से बातें करो और एक-दूसरे से लड़ना नहीं। जो हुआ उसे भूल जाओ। ठीक है, तुम दोनों बातें करो। मैं अब फ़ोन रखती हूँ।”

उनके फ़ोन रखने के बाद किशन ने भी थोड़ी देर तक बातें किया। उसने भी यही कहा कि, “जो हुआ उसे भूल जाओ और दोस्त बनकर अच्छे से बातें करो।”

मुझे उस समय सबसे पहले यही जानना था कि, “उसने मुझे क्यों छोड़ा? उसने ये सब क्यों खत्म किया? उसने मुझे धोखा क्यों दिया? मैं जानना चाहती थी कि मैंने ऐसी कौन-सी गलती की, जिसकी सजा उसने मुझे दी।”

“तो उसने क्या बताया था? उसने तुम्हें धोखा क्यों दिया था?” दीप ने पूछा।

“उसको मैं धोखेबाज नहीं कह सकती हूँ। भले ही उसने मेरे साथ गलत किया था, पर मैं कभी-भी उसको नफ़रत नहीं कर सकती हूँ। भले ही उसने मेरा दिल तोड़ा था, पर वह बंदा सच्चा था।”

जब मैंने उससे पूछा था कि, “तुमने ऐसा क्यों किया? तुमने मुझे क्यों छोड़ा? तो उसने मुझे सारी बात बतायी।”

“उसने तुमको क्या बताया था?” दीप ने पूछा।

“किसी और से अधूरा प्यार करता था और अधूरा प्यार मुझे भी दे गया। वह किसी सोनिया नाम की लड़की से एक तरफा प्यार करता था और उसे भूल जाना उसके लिए मुश्किल था। वह जानता था कि वो लड़की कभी-भी उसको प्यार नहीं करेगी। फिर भी वह उस लड़की को दिल और दिमाग से भूल नहीं पा

रहा था। वो लड़की उसको अच्छे से देखती तक नहीं थी। और उसने कहा भी था कि वह किसी और से प्यार करती है। लेकिन वह उस लड़की को भूल नहीं पा रहा था और मुझे अपना नहीं पा रहा था।"

जब मैंने उससे पूछा था कि, "अगर तुम उस लड़की से इतना ही प्यार करते हो, तो मेरे साथ प्यार का ढोंग क्यों किया?" तब कोमल ने कहा कि, "मैंने तुम्हारे साथ कोई प्यार का ढोंग नहीं किया है, लेकिन यह अलग बात है कि मैं तुम्हारा साथ नहीं निभा पाया। मैंने कोशिश की थी कि मैं उस लड़की को भूल जाऊँगा पर नहीं भूल पा रहा हूँ। मैंने सोचा कि तुमसे प्यार करके उसको भूल जाऊँगा। लेकिन मेरे से नहीं हो पा रहा है। अब मैं तुमको कैसे समझाऊँ? मैं न ही उसका हो सकता हूँ और न ही तुमसे प्यार कर पा रहा हूँ। अब तो दिल में घुटन होने लगी है।"

"तो तुमने मेरे प्यार से खिलवार क्यों किया?" मैंने पूछा।

"मैं तुम्हारे साथ खिलवार ही तो नहीं करना चाहता हूँ। अगर मुझे तुम्हारे साथ खिलवार ही करना होता, तो मुझे तुमको छोड़ने की ज़रूरत ही क्या पड़ती? तुमने मुझसे कहा था कि ये सब इतना जल्दी खत्म नहीं होना चाहिए था। और मैंने कहा था, ये रिश्ता जल्दी खत्म हो जाना हमारे लिए ही अच्छा है, क्योंकि मैं नहीं चाहता हूँ कि समय के साथ-साथ और भी ज्यादा तकलीफ़ मिले।" कोमल ने कहा।

"तकलीफ़ तो मुझे अब भी मिल रही है। जीना कितना मुश्किल हो रहा है, तुम नहीं समझ सकते हो।" मैंने कहा।

तब कोमल ने कहा कि, "तकलीफ़ मैं समझ सकता हूँ। मैं किस तकलीफ़ से गुजर रहा हूँ, तुम नहीं जानती हो। हर वक्त घुटन-सी होती है। हर कोई मुझसे कह तो देता है कि तुम्हारी मुस्कुराहट बहुत ही अच्छी है। यह जो मुस्कराहट है न, कभी-कभी सीने में दर्द छिपा के दिखाना पड़ता है। तुम मुझे बेवफ़ा कहो या धोखेबाज। जो भी कहना है, तुम कह सकती हो। तुमको कहने का पूरा-पूरा हक है। मैं तुम्हारी तकलीफ़ समझ पा रहा हूँ, तुम भी मेरी तकलीफ़ समझ कर देखो।"

"ठीक है, पर तुम्हें क्या मैं ही मिली थी? जब मेरे साथ रिश्ता निभा नहीं

सकते थे, तो तुमने मुझसे प्यार का नाटक क्यों किया?" फिर मैंने पूछा।

तो कोमल ने जवाब दिया कि, "तुम ही क्यों? इस सवाल का जवाब कैसे दूँ? जो होना था, वो हो गया। जो होना होता है, वो हो ही जाता है। फिर क्यों? क्या? इन सब सवालों का कोई मायने नहीं रखता है।

मैंने कोई प्यार का नाटक नहीं किया। जब तक निभा सकता था, ये रिश्ता निभाने की कोशिश किया था।

तुमको क्या लगता है? मुझे ये सब करके अच्छा लग रहा है। मुझे बिल्कुल भी अच्छा नहीं लग रहा है। तभी मैं तुमसे दोस्ती का रिश्ता माँग रहा हूँ। तुम एक बहुत ही अच्छी लड़की हो। तुम्हारे साथ शुरू से गलत होता आया है। मैं नहीं चाहता हूँ कि इस रिश्ते में तुम्हारे साथ बुरा हो।

पता है... जब तुमने कहा था कि मुझे मेरी माँ का प्यार तो नहीं मिला पर तुमसे मिलकर ऐसा लगा जैसे माँ का प्यार मिल गया है। तुमसे मिलकर मैं खुश हूँ, मुझे और क्या चाहिए? जब मैंने कहा था कि माँ का प्यार क्या होता है? तुमको तो कभी-भी मिला नहीं, तो तुमने मुझसे यह बात कही थी। मुझे कितनी बेचैनी होने लगी, क्योंकि मुझे एहसास होने लगा कि मैं तो तुमको वो प्यार दे ही नहीं पा रहा हूँ, जिस प्यार के बारे में तुम समझ रही हो।"

"तुमने मेरे साथ बुरा किया है। जब तुम किसी से इतना प्यार करते हो, तो मुझसे प्यार का इज़हार ही क्यों किया था?" मैंने पूछा।

"तुमको कैसे समझाऊँ? इज़हार तो मैंने कर दिया ताकी मैं सब कुछ भुलाकर फिर से प्यार कर सकूँ। फिर से मैं जी सकूँ, लेकिन मुझसे नहीं हो पा रहा है।" कोमल ने जवाब दिया।

अक्सर इंसान ऐसा करता है कि अपने प्रेमी से जुदा होकर उसे भुलाने के लिए किसी और से प्यार करता है। लेकिन करना तो ऐसा चाहिए कि अपने प्रेमी से जुदा होकर उसे पूरी तरीके से भुलाकर फिर से किसी और से प्यार करे।

उस वक्त कोमल खामोश रहा और उसने कुछ नहीं कहा। उसने अपना सच बताकर दोस्ती का रिश्ता बढ़ाया। उसने मुझसे प्यार तो किया पर निभाना उसके लिए मुश्किल हो गया था। अगर वो बंदा गलत होता, तो मुझे उसी हाल

में छोड़कर कभी-भी बात नहीं करता। उसने मेरे साथ जो भी किया था या वो नाटक हो या धोखा पर उसने मेरे बुरे हालत में पूरा-पूरा साथ दिया था। अगर कोई धोखेबाज होता तो मैं मर रही हूँ या जी रही हूँ, उस समय उसको कोई फ़र्क नहीं पड़ता।

उस समय हमारी बहुत देर तक बात हुई थी। उसके बाद उसने फ़ोन रखने से पहले यह कहा कि, "जो भी हुआ, उसे भूल जाना चाहिए।"

दीप... मैं उसको भूल पाती तो कितना अच्छा होता, लेकिन मैं उसको कभी नहीं भूल पायी और न ही भूल पाऊँगी। शिखा अपनी गालों से आँसू पोंछते हुए कहती है।

* * *

हम दोनों अच्छे दोस्त बन गये थे। जब भी मुझे उससे बात करनी होती थी, तो मैं फ़ोन करके बात कर लिया करती थी। दोस्त बनकर उससे बातें करना विनीता को अच्छा नहीं लगता था। वह मुझे बार-बार कहा करती थी कि, "उसने तुझे धोखा दिया है और तू अब भी उसी से बातें करती है?" वह मुझे कोमल से बातें करने के लिए मना करती थी। वह कहती रहती थी कि, "तूने उससे दोस्ती करके बिल्कुल भी अच्छा नहीं किया है। उसने तेरे साथ बुरा किया है, तो तुझे भी उसके साथ बुरा करना चाहिए।" वह कहा करती थी कि, "तुझे उससे बदला लेनी चाहिए। तूने उसे माफ़ करके बिल्कुल भी अच्छा नहीं किया।"

भला, मैं उसको कैसे समझाती कि प्यार में प्यार का साथ छूट जाने के बाद उससे बदला ले लिया, तो उस प्यार का क्या जो सच्चे दिल से प्यार किया था। जिससे हम सच्चे दिल से प्यार करते हैं, उसका साथ छूट जाने के बाद उसके साथ बुरा करना तो दूर, उससे नफ़रत तक नहीं कर पाते हैं।

सबसे बड़ी बात तो यह कि मैं उसे अपना समझती थी और अपनों के साथ नाराजगी जतायी जाती है। नफ़रत नहीं की जाती है। उसको सजा देना मतलब खुद को सजा देना जैसा था। उसने गलती किया था और यह बात वह खुद मानता था, तो मुझे इससे ज्यादा क्या चाहिए था?

कभी-कभी उससे बातें करके उदास हो जाती थी। पुरानी बातें सोचकर उसको कहा करती थी कि, "हमारे साथ जो भी हुआ अच्छा नहीं हुआ। तुमने

आज फिर जीने की तमन्ना है...

जो भी किया अच्छा नहीं किया।" उसकी अच्छी बात थी कि वह चुपचाप सुन लिया करता था। और खुद कहा करता था कि, "तुम मुझे कुछ भी सुना सकती हो। तुमको सुनाने का पूरा-पूरा हक है।" और कहता था कि, "मैंने तुम्हारे दिल को बहुत बड़ा घाव दिया है तो तुम मुझे अच्छा-बुरा जो मन में है, कह सकती हो।" उसको कुछ भी कहने का मुझे पूरा हक था।

बहुत से लोगों के साथ तो ऐसा होता है कि दिल में घाव देने वाले तो घाव देकर चले जाते हैं। दिल का दुख दिल को घायल कर देता है। लेकिन मेरे लिए वह सब कुछ सुनने के लिए तैयार था। कभी-कभी मैं उसको बहुत सुना भी दिया करती थी, पर उसको बुरा नहीं लगता था।

कभी-कभी मैं उससे पूछ भी लिया करती थी कि, "तुम इतना बुरा-बुरा सुन भी कैसे लेते हो?" तो वह कहा करता था कि, "जब खुद के दिल में दर्द हो और किसी और को दर्द दे, जबकि उसकी पूरी ज़िंदगी दर्द से गुजर रही हो तो उसके दिल का दर्द तो सुन ही सकता हूँ। तुम मुझे बुरा-भला कह देती हो पर मुझे बुरा नहीं लगता है। तुम तो अपने दिल का दर्द बयाँ करती हो। वो दर्द जिसे मैंने दिया है तो उस दर्द को तो सुन ही सकता हूँ।"

जब वह मुझसे प्यार करता था। तब हमारी ज्यादा बातें नहीं हो पाती थी। जबसे उसने मुझसे दोस्ती की, तो तबसे उससे अनगिनत बातें हुआ करती थी। वो मुझसे कहता था कि, "प्यार करना मेरे बस की नहीं है, पर दोस्ती की है तो इस रिश्ते को शिद्दत से निभाना चाहता हूँ।"

जब वह प्यार करता था, तो कभी-भी खुलकर अपनी दिल की बात बता नहीं पाता था। दोस्ती करने के बाद हर बातें किया करता था। फिर भी न जाने उसके दिल में कुछ था, जिसे मैं कभी नहीं जान पायी।

दोस्ती का रिश्ता इतने ही अच्छे से निभाना आता था, तो उसने शुरू में ही दोस्ती का हाथ क्यों नहीं बढ़ाया? ऐसे प्यार करके बीच राह में छोड़ देना, इससे अच्छा हम शुरू में दोस्त बने रहते तो मुझे इतनी परेशानी तो न होती।

उसने दोस्ती बहुत ही अच्छे से निभाया, पर मैं उस दोस्ती में भी प्यार ढूँढा करती थी। एक बार किसी से प्यार हो जाए तो उससे दोस्ती का रिश्ता निभाना बहुत ही मुश्किल हो जाता है, क्योंकि कहीं न कहीं प्यार का एहसास रह ही

जाता है और यह बात कोमल भी अच्छी तरह से जानता था। लेकिन उसके लिए मुझसे प्यार करना मुश्किल था और मेरे लिए दोस्त बनके रहना मुश्किल था। मेरी कोशिश तो सिर्फ यही रही कि फिर से उसे अपने प्यार के रंग में ढाल दूँगी।

मैंने उसे बहुत बार प्यार का एहसास कराना चाहा पर वह कहता था कि, "मुझसे यह नहीं हो पायेगा और यह जो नया रिश्ता बनाया है, उसे मैं शिद्दत से निभाना चाहता हूँ। तुम इस रिश्ते में बाधा न बनाओ। और कहता था कि मैं जानता हूँ तुम्हारे दिल में मेरे लिए जो प्यार का एहसास है, कभी मर नहीं सकता है। पर मैं प्यार भी नहीं कर सकता हूँ।

तुम चाहती हो कि फिर से मैं तुमसे प्यार करने लग जाऊँ। अगर मैं दुबारा तुम से प्यार करने भी लग जाऊँ और फिर से मैं तुम्हारे साथ प्यार का रिश्ता न निभा सकूँ, तो पता है तुमको और भी ज्यादा परेशानी होगी। और मैं दुबारा फिर से पहले जैसा नहीं करना चाहता हूँ। ये जो दोस्ती का रिश्ता है न, वो भी ख़राब हो जाएगा। मैंने प्यार के रिश्ते को तो ख़राब किया है, लेकिन इस दोस्ती के रिश्ते को ख़राब नहीं करना चाहता हूँ। इसलिए दुबारा तुमसे प्यार करने के बारे में सोच भी नहीं सकता हूँ और फिर ये दोस्ती का रिश्ता प्यार के रिश्ते से कम थोड़ी न है।"

उसने मुझे बहुत अच्छे से समझाया लेकिन ये जो प्यार है न समझता ही कहाँ है। मेरी प्यार की कहानी एकतरफा ही रह गयी। खुद तो किसी से अधूरा प्यार करता था और मुझसे भी अधूरा प्यार कर गया। अधूरा प्यार था, अधूरा प्यार छोड़ गया।

देखते ही देखते नया रिश्ता दोस्ती का, तीन महीने का हो चला। इस तीन महीने में हम दोनों बहुत बार मिल चुके थे। पर घर नहीं जैसे मंदिरों में और पार्क में। ये रिश्ता जैसा भी था, पर हम दोनों बहुत अच्छे से बातें किया करते थे। हँसी-मजाक सब तरह की बातें होती थी। वह ड्यूटी पर जाता था, दिन के समय मन नहीं लगता था, तो मेरे पास फ़ोन कर लिया करता था। हमारी ये बातें बहुत लंबी चलती थी।

हमारी बातों से कहीं न कहीं विनीता को समस्या होती थी। उसको बिल्कुल भी पसंद नहीं आता था कि मैं उससे बातें करती थी। वह यह बात बहुत अच्छे से जानती थी कि मैं उससे बातें किये बिना रह नहीं पाती थी। कभी-कभी वह

कह दिया करती थी कि, "तू उससे बातें करके सही नहीं कर रही है। जिसने तुझे इतना रुलाया है, उसी से तू बातें कर रही है। यह ठीक नहीं कर रही है।"

भला, मैं उसको कैसे समझाती कि रुला तो मेरी किस्मत रही है। वह तो मुझे खुद हँसाने का काम करता है। वह तो खुद अपनी ज़िंदगी से रोता है। वह क्या रुलाएगा? मैं भी समझ गयी थी कि जो हो गया है, उसका कुछ नहीं हो सकता है। कभी-कभी उसकी उन यादों को याद कर लिया करती थी। फिर उन यादों को याद करके रो लिया करती थी।

जाने का ग़म

तीन महीने के अंदर सब कुछ अच्छा ही चल रहा था। अच्छे से बातें होती थी और ये बातें बहुत देर तक होती थी। कभी-कभी तो मैं, किशन और कोमल तीनों एक साथ बहुत देर तक बातें करते थे। किशन विनीता को लेकर बहुत मजाक किया करता था। पता नहीं... वह उसके बारे क्या-क्या कहता था। उसके मन में जो भी आता था, तो वह कह देता था। और जब यह बात विनीता को पता चल जाती, तो वह बहुत गुस्सा हो जाती थी। फिर मैं किशन से कहती थी कि, "उसको लेकर कुछ भी बातें मत किया करो। जो भी बातें करनी हो, हमारी बातें किया करो।"

मुझे वो दिन याद आ जाते थे और इसी को लेकर एक दिन बहुत ज्यादा बहस हो गयी थी। उस दिन विनीता भी बातें कर रही थी, तो उसने कहा, "जब तुम दूसरी लड़की से प्यार करते हो, तो इसके बारे में सोच कैसे लिया?" तभी किशन कहने लगा, "उससे गलती हो गयी है और वह उस गलती को स्वीकार भी कर रहा है।" एकदम से कोमल ने गुस्से में कहा, "तुम क्या चाहती हो कि मैं उससे दुबारा प्यार करने लग जाऊँ। तो ठीक है, फिर से दुबारा वैसे ही प्यार करते हैं, जैसे पहले था। याद रखना, मैं अब प्यार भी करूँगा और जो तुम धोखा-धोखा करती रहती हो वो धोखा भी दूँगा, क्योंकि इस प्यार का अंजाम यही होने वाला है।"

किशन डाँटते हुए उससे कहने लगा कि, "तू ऐसे गुस्सा क्यों हो रहा है?" तब वह कहने लगा कि, "जब वह यही चाहती है, तो ठीक ऐसे ही होने देते हैं।" किशन उसको समझाने लगा और चुप होने के लिए कहा और मुझे भी समझाने लगा कि, "अब जैसे दोस्त हो, दोस्त ही बने रहो। जिस चीज से तकलीफ़ मिली, फिर भी तुम ऐसे ही सोचती हो। कोमल सही कह रहा है। आगे जाकर सिर्फ दोस्ती ख़राब हो जाएगी। दोस्त हो और दोस्त ही बने रहो।" उसने कोमल को समझाया कि इतना गुस्सा न हो और मुझे भी समझाया कि, "तुम ऐसे मत सोचो।" बातें करते-करते रात के 11 बज गये थे। किशन हम दोनों को समझाने

आज फिर जीने की तमन्ना है...

के बाद कहने लगा कि, "अब हमें सो जाना चाहिए।" सबने गुड नाइट कहकर फ़ोन रख दिया।

सबके फ़ोन रखने के बाद मैंने फिर से कोमल के पास फ़ोन किया। फ़ोन उठाने के बाद मैं उससे कहने लगी थी कि, "तुम कुछ ज्यादा ही गुस्सा नहीं हो गये थे?" वह कहने लगा कि, "नहीं तो और क्या करता? तुम चाहती यही हो तो ठीक है, फिर से प्यार करते हैं। उसके बाद फिर से प्यार में ऐसा हुआ, तो कहती रहना कि धोखा दे दिया है। लेकिन याद रखना फिर से दोस्ती का रिश्ता नहीं रह पाएगा।"

कुछ समय के लिए मैंने उससे कुछ भी नहीं कहा। मैं चुप थी और वह भी चुप हो गया था। पता नहीं उस रात मेरे मन में क्या आया? मैंने बात करने का तरीका ही बदल दिया। मैं उससे अजीब-अजीब तरह की बातें करने लगी और उन बातों में एक बात ऐसी होने लगी कि शायद वो बात नहीं होती, तो बहुत ही अच्छा होता। पता ही नहीं चला कि मेरे दिल में यह ख्वाहिश कैसे जाग गयी कि एक बार उसको गले से लगा लूँ। मैंने अपनी ख्वाहिश उसको जाहिर कर दिया कि, "एक बार गले लगना चाहती हूँ। बस, एक बार फिर मुझे और कुछ भी नहीं चाहिए। जब भी मैं तुम्हारे गले लगती हूँ, तो मैं अपनी ज़िंदगी के सारे दर्द भूल जाती हूँ। तुम मेरे लिए यह ख्वाहिश पूरी तो कर ही सकते हो। क्या तुम मेरी यह ख्वाहिश पूरी करने के लिए आ नहीं सकते?"

कोमल मेरी ख्वाहिश पूरी करने के लिए राज़ी हो गया था। मैंने उसको उसी रात मिलने के लिए कहा। वह मना करने लगा कि रात के 1 बज रहे हैं। मैं अभी नहीं आ सकता हूँ, लेकिन मैंने उसको बार-बार आने के लिए कहा। मेरे कहने से वह आने के लिए मान गया था। मुझसे मिलने के लिए वह अपने घर से निकल गया था।

एक तरफ डर भी था कि आधी रात हो चुकी है। अगर किसी ने देख लिया, तो उसको क्या कहेंगे? तो वही दूसरी तरफ उससे मिलने की आस थी। मैं जिस रूम में थी, उसका दूसरा दरवाजा रास्ते की तरफ था। मैंने धीरे से दरवाजा खोल दिया था। वह रूम के अंदर आया। मैंने उसको बोलने के लिए मना कर दिया था। उसने फ़ोन का टॉर्च जलाया। मैंने धीरे से उसको जल्दी से फ़ोन का टॉर्च बंद

करने के लिए कहा। मैंने उसको चुपचाप बेड पर बैठने के लिए कहा और वह बेड पर बैठ गया। मैंने धीरे से दरवाजा बंद किया। मैं भी उसके पास बैठ गयी थी। रूम में अँधेरा हो रहा था।

मैंने अपना हाथ उसके चेहरे पर रखा। उसके चेहरे पर हाथ रखकर मुझे वो पुराने दिन महसूस होने लगे। मैं भूल गयी थी कि मेरे सामने मेरा प्रेमी नहीं दोस्त बैठा है। और मैंने उसको गले से लगा लिया। उसको गले से लगाकर मुझे वैसे ही एहसास हुआ, जो पहले हुआ करती थी। उसे गले से लगाकर मेरे मन में जो भी कष्ट थे, वे सब मिट गये थे। उसके कंधे के ऊपर पर सिर रखकर मैं सब कुछ भूल गयी कि जिसके कंधे पर मैंने सिर रखा है, उससे मुझे कोई गिला-सिकवा भी है।

जब मैंने उसके हाथ को अपने हाथ से पकड़ा, तो एक बार भी ऐसा नहीं लगा कि वह अब मेरा प्रेमी नहीं है। जो हाथ मैंने पकड़ रखा था, नहीं चाह रहा था कि अपने हाथ को उसके हाथ से हटा लूँ। जो सिर मैंने उसके कंधे पर रखे थे, नहीं चाह रहा था कि अपने सिर को उसके कंधे से हटा लूँ। जो दामन उसके गले से लगा हुआ था, नहीं चाह रहा था कि अपनी उस दामन को उसके बाँहों से हटा लूँ।

उस वक्त दिल की एक ही चाहत थी कि उसे अपने बाँहों में समा लूँ, सीने से छिपा लूँ। न मिले उसे कोई ऐसा दरवाजा जहाँ से वह निकल सके, इस तरह से मैं उसे अपने सीने में जकड़ लूँ। उस समय मेरी साँसों को पन्ना मिला रही थी। मेरे सीने में दफन है जो आत्मा उसको राहत मिल रही थी। सुकून भी उसी के सीने में मिल रही थी, जिसने एक समय बहुत तड़पाया था।

कुछ देर बाद वह मुझसे थोड़ा दूर हटके जाने के लिए खड़ा हो गया था। वह दरवाजे के करीब गया और उसने दरवाजा खोलने के लिए अपना हाथ बढ़ाया ही था कि मैंने पीछे से उसके कंधे के ऊपर अपना हाथ रखा। उसने मुझे पीछे मुड़कर देखा, तभी मैंने उसे गले से लगा लिया। वह कुछ कहने जा रहा था, तभी मैंने अपना हाथ उसके मुँह पर रख दिया। वह कुछ नहीं कह पाया। उसके कंधे के ऊपर पर सिर रखकर मैंने अपनी आँखें बंद कर लिए। न चाह कर भी उसने अपने दोनों हाथों से मुझे पीछे से पकड़ लिया। थोड़ी देर ऐसे ही हम दोनों खड़े रहे।

आज फिर जीने की तमन्ना है...

फिर वह कहने लगा कि, "अब मुझे जाना चाहिए" तो मैं उससे कहने लगी कि, "अब हम ऐसे मिलने वाले नहीं है तो कुछ वक्त तो रुक ही सकते हो न।" "ठीक है, पर मुझे बैठने तो दो। कब से खड़ा हूँ।" वह बेड पर बैठ गया और मैं ज़मीन पर बैठ गयी थी।

उस अँधेरे रूम में मैं उसे बैठे-बैठे देखती रही। हम दोनों ऐसे ही बैठे रहे और उसके गालों को छूकर कहने लगी कि, "मेरी यह ख्वाहिश पूरी करने के लिए बहुत सारा धन्यवाद।"

अचानक से अंदर वाला दरवाजा खुला। ताऊजी के लड़के ने दरवाजा खोला था। उसे देख हम दोनों खड़े हो गये और मेरे तो प्राण ही निकल गये थे। मैं मन ही मन कहने लगी कि, "मुझसे इतनी बड़ी गलती कैसे हो गयी कि मैं अंदर वाले दरवाजे में कुंडी लगाना ही भूल गयी।"

कोमल मेरे पीछे ही खड़ा था। मैंने हाथ से उसके हाथ को धक्का देते हुए उसको जाने के लिए कहा। कोमल ने जल्दी से बाहर का दरवाजा खोला और चला गया। ताऊजी का लड़का वैसे भी नींद में था, तो कोमल का चेहरा ठीक से देख नहीं पाया था। वह मेरे रूम में पानी पीने के लिए आया था।

* * *

कोमल... जो यहाँ से चला गया, फिर वह मेरी ज़िंदगी से हमेशा के लिए चला गया। मेरी ज़िंदगी से ही क्या... वह तो अपनी ज़िंदगी से भी दूर चला गया। कहते हुए शिखा के आँखों से आँसू निकलने लगे।

शिखा की बातें सुनते ही दीप की आँखें चौड़ी हो गयी और हाथों के रोंगटे खड़े हो गये और मुँह से निकला, "क्या?"

"दीप... कोमल मुझे छोड़ के चला गया। इस दुनिया को छोड़कर चला गया।" शिखा कहते हुए जोर-जोर से रोने लगी।

"क्या कह रही हो तुम? कोमल इस दुनिया से चला गया।" दीप ने शिखा के दोनों कंधे को पकड़कर कहा।

"हाँ, दीप... कोमल इस दुनिया को छोड़कर चला गया। वह मर गया।" शिखा जोर-जोर से रोते हुए कहने लगी।

शिखा को रोते देख दीप उसे गले से लगा लेता है। शिखा दीप के कंधे पर सिर रखकर रोती है। शिखा की बातें सुनकर और रोते हुए देख दीप के आँखों में भी आँसू भर जाते हैं। दीप के आँखों के आँसू निकलने लगते हैं और मन ही मन सोचता है कि किसी के जाने का दर्द वही समझ सकता है, जिसने अपना कोई खोया हो।

कुछ देर बाद शिखा रोते-रोते चुप हो जाती है। वह अपनी आँखें खोलती है और दीप के कंधे से सिर हटा लेती है। वह चुपचाप बैठी रहती है और दीप भी चुपचाप बैठा रहता है। दीप अपनी चुप्पी तोड़ते हुए धीरे से शिखा से पूछता है, "कोमल कैसे करके मर गया?"

पता नहीं... उसके जाने के बाद उस वक्त मैं भाई से बहुत बार हाथ जोड़कर भीख माँगने लगी कि घर वालों से कुछ भी मत बताना। लेकिन वह नहीं माना और उसने अपने पापा (ताऊजी) और अपनी दीदी से जाकर कह दिया।

उन लोगों ने मुझे सुनाने में कोई कसर नहीं छोड़ा था और कोमल के बारे में जानने के लिए मुझसे बहुत जोर-जबरदस्ती की थी। लेकिन मैंने घर वालों को उसका नाम तक नहीं जानने दिया। मैंने सारी गलती अपने ऊपर ले लिया और कहा कि, "मैंने ही उसको पैसे देने के लिए बुलाया था। वह मेरा दोस्त है और मैंने पैसे उधार लिया था। कल वह कहीं जाएगा, तो मुझसे पैसे माँग रहा था। मैंने ही उसे इस समय बुलाया था, क्योंकि वह सुबह 5 बजे तक चला जाएगा।" ताऊजी ने मेरी एक भी बात नहीं मानी और मेरे पापा से भी कह दिया था और कहा था कि, "इसकी शादी करा दो, नहीं तो यह हमारी बदनामी कराती रहेगी।"

पापा मुझसे गुस्सा ज़रूर थे, लेकिन मेरे ऊपर विश्वास भी था कि मेरी लड़की गलत नहीं कर सकती है। पापा ने मेरा साथ दिया और ताऊजी से कहा कि, "मेरी बेटी अभी पढ़ रही है। उसकी पढ़ाई ख़राब हो जाएगी।" लेकिन घर पर मैं सबसे लिए बदनाम हो गयी थी।

कुछ दिनों तक ताऊजी की लड़कियों ने बुरे-बुरे शब्द बोलकर मेरा जीना हराम कर दिया था। उनके शब्दों को सुनकर आँखों से आँसू निकलने पर मजबूर हो जाते थे। दिनभर मैं सिर्फ रोती रहती थी। कुछ दिन तक मुझे न दिन का पता था और न रात का पता था। ताऊजी की लड़कियों की ताना सुन-सुनकर रूम

आज फिर जीने की तमन्ना है...

का दरवाजा लगाकर बेड में लेटे-लेटे मैं सिर्फ रोती रहती थी। वही मेरी बेस्ट फ्रेंड विनीता भी यह बात जान गयी थी। हालाँकि, उसके घरवालों को कुछ भी पता नहीं चला था। ताऊजी की लड़कियों ने ही विनीता को बताया था। वह मुझसे बात नहीं कर रही थी। ऐसा लग रहा था जैसे वह भी ताऊजी की लड़की बन गयी है। वह मुझसे नजरें बचाकर दूर-दूर रहती थी। मैंने उससे बात करने की कोशिश भी की थी, लेकिन वह मुझसे अच्छे से बातें नहीं करती थी।

दिन का समय था। उस समय घर पर विनीता के सिवाए कोई और नहीं था। मैं उसके रूम पर गयी और उसका हाथ पकड़ा और सीधा नीचे बेसमेंट में ले आयी। विनीता से रोते हुए कहने लगी, "अब तू मुझसे बात नहीं करेगी। घरवालों ने तो मुझे बदनाम करने में कोई कसर नहीं छोड़ा। अब क्या तू भी मेरा साथ नहीं देगी?"

"नहीं, ऐसी बात नहीं है।" उसने मुझसे नजरे बचाते हुए धीमी शब्दों में कहा।

"फिर तू मुझसे बात क्यों नहीं कर रही है?" गालों से आँसू पोंछते हुए मैंने विनीता से पूछा।

"वो...।" कहते हुए विनीता की जुबान लड़खराने लगी।

"वो क्या? विनीता बोल न।" विनीता की हाथ पकड़कर उसको हिलाते हुए कहा।

"शिखा... कोमल मर गया।" कहते हुए विनीता के शब्द भारी हो गये। और रोते हुए कहती है, "कोमल की मौत हो गयी।"

शिखा फिर से दीप से कहते हुए रोने लगी और दीप के आँखों में भी आँसू भर आये। रोते-रोते कब वह दीप के सीने से लगकर रोने लगी, उसी को पता नहीं चला। दीप के सीने से लगकर रोते हुए शिखा कहती है, "काश... मैं भी उसके साथ उस वक्त भाग पाती तो कितना अच्छा होता। मैं भी उसके साथ-साथ मर जाती तो कितना अच्छा होता।"

"पागल! ऐसे नहीं कहते हैं।" शिखा से कहते हुए दीप के आँखों से आँसू निकलने लगे।

"अगर मैं उस रात उसको नहीं बुलाती, तो कोमल इस दुनिया में जिंदा तो रहता।" शिखा अपनी आँखों से आँसू पोंछते हुए कहती है और कहती है कि उस दिन जब विनीता ने कहा था कि कोमल की मौत हो गयी है। कोमल अब इस दुनिया में नहीं रहा।

तो सुनते ही मेरे पैरों से जैसे ज़मीन खिसक गये थे या मेरे पैरों से किसी ने हड्डी निकाल ली हो। मेरे हाथ कँप-कँपाने लगे थे और मैं धराम से घुटनों के बल गिर गयी थी। चारों तरफ अँधेरा हो गया था और मैं शून्य की तरह बैठी रही।

जल्दी से विनीता भी घुटनों के बल बैठकर मुझे गले से लगाकर रोने लगी। मैं चीख-चीखकर रोते हुए कोमल... कोमल... कहकर रोती रही और विनीता मुझे कसके गले लगाकर रो रही...

"कह दे कि तू मुझसे मजाक कर रही है।" मैंने रोते हुए विनीता से कहा।

विनीता ने मुझे कुछ भी जवाब नहीं दिया। बस, उसके आँखों से आँसू निकल रहे थे। अब मैं विनीता के गोद में लेटे-लेटे रो रही थी और विनीता मेरी गालों से आँसुओं को पोंछती जा रही थी।

कुछ देर बाद मैं रोते-रोते धीरे से कहने लगी कि, "कोमल मुझे क्यों छोड़कर इस दुनिया से चले गया? विनीता मेरा कोमल मुझे छोड़कर क्यों चला गया? मेरा कोमल कैसे चला गया?"

अजय भईया ने किशन से सुना था कि उसका दोस्त कोमल इस दुनिया में नहीं रहा। उनकी लड़की बिन्दु आकर बताकर गयी कि, "पापा कह रहे थे कि किशन का दोस्त कोमल की मौत हो गयी है।" उसकी बातें सुनकर मुझे बिल्कुल विश्वास नहीं हुआ तो मैंने तुरंत किशन के पास फ़ोन किया था, तो किशन जोर-जोर से रोते हुए कहने लगा कि, "मेरा बेस्ट फ्रेंड कोमल अब इस दुनिया में नहीं रहा। कोमल की एक्सीडेंट से मौत हो गयी। और किशन जोर-जोर से रोता रहा।"

मैंने उससे पूछा था कि, "कैसे करके?" तो उसने बताया कि, "उसका एक्सीडेंट हाईवे पर हो गया, जहाँ अक्सर एक्सीडेंट होते रहते हैं और आये दिन एक्सीडेंट की खबर सुनने को मिलती है। वहीं पर मेरा दोस्त का एक्सीडेंट हो गया और वह इस दुनिया से चला गया।"

"पता नहीं... दीप उस रात कोमल क्यों भागते हुए हाईवे पर चला गया था। उसको तो सीधे अपने घर जाना चाहिए था न।" आँखों से आँसू पोंछते हुए शिखा ने कहा।

ज़िंदगी भी न जाने किस तरह की खेल खेलती है। जो जीना चाहता था अपनी ज़िंदगी के आख़िरी साँस तक। वो दुनिया को छोड़कर चला गया। उसने एक बार कहा था...

"जीने के लिए वजह की ज़रूरत नहीं होती है।

जब तक मेरे बस में होगा, मैं जियूँगा।

भले ही जीने की कोई वजह हो या न हो।"

और वो मुस्कुराता तो ऐसे था, जैसे लाखों दिलों को वश में कर ले। उसके दिल में ग़म थे। न जाने अपने ग़म को छुपाकर कैसे करके मुस्कुरा लिया करता था?

दीप... पता है, मैंने एक बार उसको गाने के लिए कहा तो उसने कोन-सा गाना गया...

"आज फिर जीने की तमन्ना है।

आज फिर मरने का इरादा है।"

उसके जाने के बाद मैं उस दौर से गुजर रही थी। जिस दौर से हर वो शख्स गुजरा होगा, जिसने अपना कोई खास इस दुनिया से खोया होगा। मेरे दिल से हर वक़्त सिर्फ यही पुकार निकलती थी कि, "मेरी वजह से वो इस दुनिया से चला गया और मैं अब तक ज़िंदा क्यों हूँ? मुझे भी मर जाना चाहिए। इस दुनिया में अब तक मैं जिंदा क्यों हूँ। ग़म के सिवाए मेरी ज़िंदगी में रखा ही क्या है? मुझे भी मर जाना चाहिए।"

मरने के लिए मैंने बंद कमरे में लटके पंखे पर अपना दुपट्टा लटकाया और फाँसी का फंदा बनाकर ख़ुदकुशी करनी चाही पर नहीं मर पायी। भूख-प्यास मेरे लिए जैसे मर चुकी थी। एक विनीता ही थी, जो दोपहर-शाम खाना लेकर मुझे खिलाने आ जाती। खाना खाने के लिए उसको मना कर देती थी कि, "मुझे भूख नहीं है। मुझे नहीं खाना।" लेकिन वह मानती नहीं थी और अपने हाथों से जोर-जबरदस्ती करके खिलाया करती थी।

उसके बाद न जाने अपने आपको कितनी बार मारने की कोशिश की, लेकिन मैं मर नहीं पायी। कभी चाकू से हाथ की नस काटकर मरना चाहा, तो कभी बीच सड़क पर गाड़ी से एक्सीडेंट होकर मरना चाह, जैसे की वो... पर नहीं मर पायी।

मौत भी कितनी अजीब है न... जब मरना चाहो तब मौत नहीं आती। मौत तो तब भी नहीं आती है, जब कोई बद्दुआ देता है कि मर जाए। मौत तो तब आती है, जब मौत की तारीख आती है और मौत की तारीख किसी को बोलकर नहीं आती।

"बस... शिखा बस, तुमको तो सब मालूम है। मौत का भी एक समय होता है और वो हर किसी के लिए एक न एक दिन ज़रूर आता है और उस एक दिन के लिए तुमको हर रोज नहीं मरना है। मौत का समय जब आना है, तब आ जाएगा। उसके लिए तुमको रोज मरने की ज़रूरत नहीं है। कोमल ने सही कहा था कि जीने के लिए वजह की ज़रूरत नहीं होती है। तुम भी जी लो अपनी ज़िंदगी। भले ही जीने की कोई वजह हो या न हो।" दीप ने शिखा के मुँह पर हाथ रखकर आँखों से आँखें मिलाते हुए कहा।

शिखा दीप की आँखों को देखती है और दीप भी शिखा की आँखों को देखता है। शिखा अपनी गर्दन हिलाकर 'हाँ' कहती है। वह धीरे से शिखा के मुँह से अपना हाथ हटाता है।

कुछ समय बाद शिखा दीवार पर टंगी घड़ी को देखती है। शाम के 6 बज चुके हैं। वह दीप से कहती है, "बस, यही थी मेरी ज़िंदगी की कहानी। समय को देखते हुए लगता है कि अब मुझे चलना चाहिए।"

"चाहो तो आज रात यहीं रुक सकती हो। घर में रूम की कमी थोड़ी न है।" दीप ने थोड़ा हँसते हुए।

शिखा भी दीप की बातें सुनकर हँस देती है। और कहती है, "नहीं, अब जाना चाहिए। मिलेंगे न फिर किसी दिन। अब मैं मरने थोड़ी वाली हूँ। अब मुझे जीना है, क्योंकि आज फिर जीने की तमन्ना है।"

"ठीक है, कुछ दूर तक आपके साथ चलता हूँ।" दीप ने कहा।

दीप घर का दरवाजा खोलता है। शिखा घर के चौखट पर खड़े होकर एक लंबी साँस लेती है और कहती है, "आज फिर इस ज़िंदगी को नयी ज़िंदगी समझकर जीना है।"

"स्वागत है इस नयी ज़िंदगी के नाम।" दीप अपना सिर थोड़ा झुकाते हुए, हाथ को थोड़ा उठाते हुए शिखा से कहता है। फिर दोनों चल देते हैं और कुछ दूर चलने के बाद दीप की नजर सामने दीवार पर पड़ती है, तो वह शिखा से कहता है कि, "देखो... दीवार पर कितने सुंदर शब्द लिखे हैं– जब तक साँसों में है दम तो चल, थमना नहीं चाहे ज़िंदगी में मिले कितना भी ग़म।"

"दीप तुम भी कुछ अपने बारे में बताओ।" कुछ दूर चलने के बाद शिखा ने कहा।

"अपने बारे में भला क्या बताऊँ?" दीप ने कहा।

"कुछ भी... जहाँ से तुम शुरू कर सको।" शिखा ने कहा।

कुछ देर बाद दीप कहता है कि तुम अकेली उस नदी में आत्महत्या करने नहीं गयी थी। वहाँ कोई और भी आत्महत्या करने गया था। तो शिखा आश्चर्य से दीप को देखकर कहती है कि, "मतलब... तुम भी गये थे।"